벼꽃

임미나 소설집

이꿈

벼꽃

임미나 소설집

| 차례 |

바람의 집

바람이 분다. 나뭇잎을 건드리며 너울너울 춤을 춘다. 바람을 얼굴에 맞받아 하늘을 바라본다. 짧은 머리카락이 뒤쪽으로 쓸려간다. 습기가 가득 밴 바람의 춤이 점점 거칠어진다. 바람이 춤을 추면 나도 춤을 춘다. 두 팔을 벌리고 천천히 바람의 향기를 듬뿍 들이킨다. 바람 속에 비 냄새가 숨어 있다. 감나무 잎이 파르르 떨며 바람을 보낸다. 제주도는 이미 태풍의 영향권에 들어가 비가 쏟아지고 있다. 몇십 년 만의 억센 태풍이 올 것이라는 예보다.

할머니는 고추를 지지대에 단단히 묶고 있다. 바람은 점점 강하게 분다. 바람이 건드릴 때마다 감나무와 단풍나무 가지가 한쪽으로 쏠린다. 고추를 묶고 나서도 할머니는 밭에 파묻혀 무엇인가를 하고 있다. 바람 속에 들어가 있다. 굵은 빗방울이 후드득거리며 거칠어진 바람과 함께 들판을 휩쓸자 할머니는 바람 속에서 나온다. 더럽

혀진 옷을 입은 채 방 안으로 들어간다. 마당에 있던 내가 할머니 뒤를 따라 들어가 붙잡는다. 방문 앞에서 붙잡힌 할머니는 미적미적 옷을 벗는다. 억지로 모자를 벗기고 목욕탕에 할머니를 들이민다. 모자 내놓으라고 버둥거리지만 이미 늦었다. 팬티를 다리 아래로 잡아당겨 버렸다. 할머니는 하는 수 없이 세수한 뒤 머리를 감는다. 할머니 얼굴에 깊은 주름의 골 사이가 하얗다. 주름져서 햇볕에 그을리지 않은 부분들이 세수하는 손길 따라 드러났다 감춰진다. 할머니의 얼굴은 고양이처럼 작고 앙칼져 보인다. 얼굴만 작고 할머니의 엉덩이는 풍만하다. 가끔 엉덩이를 나무 쪼개지는 소리가 나도록 세게 때리고 싶어진다.

바람은 점점 강해진다. 강한 바람에 나뭇가지 흔들리는 것이 금방 부러질 것 같다. 덜커덩 무엇인가 바람이 지나가는 힘에 부대낀 소리를 낸다. 몇 분씩 바람은 다음을 위해 쉰다. 뼈가 열리는 진통이 잠시 멎으면 단잠에 스르르 빠지는 산모가 된다. 태풍이 제주도를 지나 남해안 가까운 곳에 왔다. 강한 바람에 맞춰 비가 길길이 날뛰며 쏟아진다. 할머니 목욕 시키고 저녁을 먹은 뒤 티브이를 보다 내 방에 가보니 침대가 흥건히 젖어 있다. 천정에서 비가 샌다. 침대 위에 위태위태하게 의자를 올려놓고 어디서 비가 새는지 찾아본다. 비는 바람이 우악스럽게 덮칠 때마다 형광등을 타고 주르륵 쏟아진다. 형광등 위에 켜켜이 쌓여 있던 먼지와 파리똥이 물에 불어 있다. 스탠드 불을 켜고 형광등을 끈다. 걸레를 가져와 형광등에 쌓인 먼지와 파리똥을 닦는다. 침대 위의 이불을 걷어내 세탁기에 집어넣고 매트리스를 벽에 기대놓는다. 혼자 출렁거리는 매트리스를 옮기는 것은 힘겨운 일이다. 할머니가 조금만 더 젊었더라면. 침대 본체를 세워두고 큰 통 몇 개를 비가 떨어지는 지점에 받친다. 걸레로 방바닥을 닦은 뒤 보일러를 돌린다. 방바닥에 온기가 돌 때까지 벽에 바싹 붙어 웅크리고 앉아 빗물 받는 통만 무심하게 바라본다. 빗물은 리듬이 맞지 않게 바람 불 때마다 제멋대로 많이 떨어지거나 몇 방울씩 떨어진다.

　방바닥에 온기가 느껴지자 할머니가 소리친다. 무슨 불을 넣었냐고. 돈도 벌어오지 못하면서 쓰는 것은 잘한다는 것이다. 누구 닮아서 저러는지 모르겠다는 말로 마무리한다. 늘 하는 말이다. 그다음 말이 무엇인지 알 정도로 할머니는 같은 말만 한다. 벌떡 일어나 주방으로 간다. 할머니가 따온 애호박과 감자, 고추, 양파를 썰어 부침을 만든다. 몇 장을 부쳐서 막걸리와 함께 할머니 방에 가져간다. 뭐냐? 입으로 묻지는 않지만 얼굴이 물음표다. 아무

말 하지 않고 앉아 잔에 가득 술을 따른다. 할머니 앞에
술잔을 디밀었다. 내 잔도 가득 채운 뒤 단숨에 마시고
부침을 먹는다. 할머니는 술은 제쳐두고 부침을 입에 넣
고 오물거린다. 해물이나 고기를 넣지 않아서 맛이 없다
고 한다. 아무말하지 않고 먹으면 안 되는 사람처럼 할머
니는 트집을 잡는다. 못들은 척 술을 한 잔 더 마신다.
속이 뜨거워진다. 할머니가 조금만 더 젊었으면 좋겠다는
말을 나도 모르게 했다. 할머니는 조금 더 젊으면 부침개
만들어 주랴 했을 거냐고 술기운에 달떴던 내 마음을 사
정없이 후려친다. 더 젊지는 않더라도 말이라도 따뜻하게
해 주면 좋겠다. 마음을 고쳐먹는다. 막걸리를 몇 잔 더
단숨에 들이켰다. 너는 누구 닮아서 술을 그렇게 잘 마시
냐면서 또 잔소리다.

"할머니 닮았지 뭐."

나도 모르게 튀어나온 대답이다. 늙어지면서 마시게 되
었다는 둥, 아버지는 한 잔만 마셔도 얼굴이 빨개졌다는
둥 할머니는 말이 많다.

"우리 엄마 흉보려고 그러는 거지?"

할머니는 부정하지 않고 부침을 오물거린다. 그러더니
막걸리를 쭉 들이켠다.

"설사 우리 엄마 닮았다 쳐요. 이 외딴집에서 내가 술을

같이 마시지 않으면 할머니 혼자 마실 참이었어요? 같이
술 마실 옆집 영감도 없는데 어쩔 뻔했어요?"

술기운을 빌어 할머니에게 대든다. 징그러운 가시네. 소
리는 나오지 않지만 입 모양이 그렇다. 징그러운 가시네
라고. 언제부터인지 할머니한테 대들기 시작했다. 할머니
를 얕잡아 봐서가 아니다. 이미 저세상 사람인 엄마를 헐
뜯는 것이 싫었기 때문이다. 나는 엄마를 닮았다. 약간 길
쭉한 얼굴과 긴 손가락이 엄마와 똑같았다. 엄마는 손가
락이 길고 손재주가 많은 내가 예술가가 될 거라고 했다.
나는 그 말을 믿었고 그림 공부를 했다.

바람이 땅 위에 서 있는 것들을 넘어뜨리는 것으로는
부족한 것 같다. 땅속까지 후벼 파서 땅속과 땅 위의 것
들을 바꾸려는 모양이다. 비가 새는 내 방이 어수선하다.
그래도 할머니 방에서 같이 잘 수는 없다. 빗물 받는 통
이 놓인 곳을 피해 이불을 깔았다. 막걸리 몇 잔에 취해
할머니는 평온하게 잠들었다. 나도 무서움을 피하기 위해
취했다. 어린왕자의 술주정뱅이는 자신이 취한 것이 부끄
러워 마시고 또 마신다고 했던가. 나는 무서운 것이 부끄
럽다. 그래서 취한다. 가물가물 잠에 빠지려는데 바람이
불 때마다 비가 후드득 떨어진다. 잠이 막 들었다 깼는지

머리가 몽롱하다. 바람 소리는 집을 들어다 다른 곳으로 옮겨버릴 듯 거칠고 크다. 무서워서 시간을 확인하지 못하고 이불을 뒤집어쓴다. 할머니 방으로 갈까 망설인다. '집이 날아가면 할머니 방에 있다 한들 뾰족한 방법은 없겠지.' 잠을 설치다 새벽녘 바람이 약해질 때 다시 잠들었다. 무사하다는 안도감 때문인지 깊은 잠에 빠졌다. 억세고 거칠면서 차가운 것이 얼굴을 쓰윽 쓱 쓸어내렸다. 할머니였다. 할머니는 잠을 깨울 때 찬물 묻힌 손으로 얼굴을 쓸어내리곤 했다. 내가 아무리 질색해도 늘 같은 방법으로 잠을 깨웠다. 태풍이 지나갔으니 지붕 고치라는 것이다.

두 시간만 더 잤으면 좋겠다는 생각을 하면서 아침상을 차렸다. 할머니와 마주 앉은 식탁이 오늘따라 짜증난다. 입맛이 없어 젓가락으로 밥알 몇 개씩 입에 넣는데 할머니가 잔소리를 한다. 밥을 푹푹 떠먹어야 복이 달아나지 않는다는 것이다. 밥마저 내 맘대로 먹을 수 없다.

할머니는 밭으로 가서 할머니의 새끼들을 돌본다. 밭에서 자라는 식물들은 할머니 새끼들이나 다름없다. 얼마나 정성 들여 돌봐주는지 질투가 날 정도다. 지붕을 고치기 위해 사다리를 놓고 지붕 위에 올라간다. 지붕은 내가 손보기에는 어렵게 부서져 있다. 이것저것 할 수 있는 방법

을 동원하다 보니 하루가 금방 지나갔다. 저녁이 되어서
야 겨우 지붕을 고치고 집 주변에 흩어진 태풍의 잔해들
을 치운다. 매트리스를 혼자 밖으로 옮길 수 없어서 그대
로 방에 세워두고 빗물 받았던 통을 모두 치운다. 집은
태풍 불기 전 모습을 되찾아간다. 지쳐서 평상에 걸터앉
아 있는데 할머니가 흙이 묻은 바지를 입고 방으로 들어
간다. 옷을 갈아입어야 하고 몸을 씻어야 한다는 실랑이
가 반복된다. 무례하기 짝이 없는 짓을 또 되풀이한다. 바
지를 훌러덩 벗겨버리고 잽싸게 모자 벗겨버리는 일을.
할머니는 바지 벗겨버리는 일보다 모자 벗기는 것을 더
싫어한다.

　언제부턴가 할머니는 모자를 쓰고 있었다. 한여름에 털
모자를 쓰고 있어서 벗기면 큰일 날 것처럼 질색을 했다.
그래서 왜 모자를 쓰는지 물었다. 할머니의 대답은 일리
있었지만 어처구니없었다. 흰 머리카락 때문이었다. 흰머
리가 창피해 모자로 가린다는 거였다. 볼 사람도 없는데
누구 때문에 창피하다는 것인지 알 수 없다. 염색을 해주
려는데 한사코 뿌리쳤다. 염색을 하면 눈과 얼굴이 가려
워서 견딜 수 없기 때문에 싫다는 것이다. 할머니는 사람
들이 없어도 모자 벗는 것을 싫어했다. 그래서 목욕을 하
지 않으려 할 때 모자를 벗겨 목욕탕으로 도망가면 빼앗

으려고 쫓아와 영락없이 목욕을 하곤 했다. 강제로 몸을 씻긴 뒤 머리를 감겨 헤어드라이어로 말려준다. 여름용 면사로 뜨개질한 모자를 씌우고 식탁에 앉힌다.

할머니와 나는 사이가 좋지 않았다. 할머니는 아들 사랑이 지나쳐서 며느리를 늘 섭섭하게 했다. 또한 손자 사랑이 지나쳐 손녀인 나를 외면하거나 의도적으로 무시했다. 아들과 며느리, 손자가 자동차 사고로 한꺼번에 세상을 떠났다. 그 충격으로 할머니는 서너 달 말을 하지 않았다. 울지도 않았다. 충격은 나도 마찬가지였다. 가족들이 모두 가버린 세상에 혼자 남은 슬픔은 참으로 막막했다. 거기다 더 기막힌 것은 가장 싫어하는 할머니와 달랑 둘이서 같이 살아가야 한다는 거였다. 할머니를 부양할 사람이 없었다. 나는 대학을 다니면서 할머니를 부양해야 하는 소녀 가장이 되었다. 할머니는 하루 종일 티브이만 보았다. 가족들 사후 수습해야 할 일들을 마무리한 다음부터 할머니와 나는 일상으로 돌아와 살아가야 했다. 할머니는 손녀와 살아야 하는 현실을 이해하지 못했다. 적응할 생각도 하지 않았다. 어느 날 말문이 열리면서 집에 귀신이 있어 무서워서 못 살겠다고 했다. 대학 졸업할 때까지 할머니는 귀신 타령을 했다. 학교 끝나서 집에 가면 할머니는 현관문 앞에 쪼그리고 앉아 있었다. 할머니를 잃어버릴 것을 대비해서 목걸이를 만들어 걸어주었다. 졸업이 몇 달 남지 않았을 때 할머니는 헛소리를 하기 시작했다. 치매 때문인지 망상인지 알 수 없었다. 할머니를 붙들고 울었지만 해결되는 것은 없었다. 생각 끝에 할머니를 모시고 시골집에 갔다. 할머니는 시골집에서 안정을 찾았다. 외딴집이었다. 산자락 바로 아래에 위치한 집이었다. 오 분 정도 걸어가면 누군가의 묘가 있는 곳이었다. 그런데도 할머니는 좋아했다.

"여기는 정말 좋구나, 귀신도 안 보이고 살 것 같다."

나는 풀이 무성한 그 집이 귀신 나올 것 같아 싫었다. 거기다 산 밑 외딴집이라 귀신이 나오지 않더라도 무서웠다. 할머니 짐만 별장으로 옮겼다. 시골집에 갈 때마다 일일이 화구를 들고 다닐 수 없어서 이것저것 들여놓다 보니 화실이 한 개 꾸며졌다.

시골집은 빠르게 변했다. 할머니가 풀을 뽑아 밭을 만들었다. 집 주변에 무성했던 풀을 뽑아 없애고 어디선가 돌을 주워서 깔아 놓았다. 할머니는 밥 먹는 시간과 잠자는 시간 외에는 집 가꾸는 일만 했다. 산 밑 외딴집이어서 무서움이 더 할 만했는데 귀신 이야기를 다시는 꺼내지 않았다. 정말 그 아파트에 귀신이 있었을까 의문이 들

정도였다.

집은 산자락 끝에 있다. 뒤뜰에 낮은 담이 있지만 언덕이 무너지지 않도록 돌로 쌓아 지지대를 만든 것이다. 뒷산이 모두 정원 같다. 먼 곳에서 보면 그림 같은 집이다. 그렇지만 지은 지 오래된 데다 자주 비워두어서 여기저기 부서졌다. 마당에서부터 내리막길이 이어지는데 시멘트를 덮어서 만든 길은 하얗게 보였다. 하얀 길을 따라 이십 분 정도 내려가면 강이 흐른다. 강을 건너면 사 차선 큰길이 있다. 큰길을 건너면 휴게소가 있고 휴게소 옆에 허름한 빈 건물이 있다. 내가 사는 집을 그리기 위해 그 건물에 가보았다. 오래된 낡은 건물이었다. 먼 곳에서 보면 내 집은 쓸쓸해 보였다. 먼 곳까지 할머니가 밭에 쪼그려 앉아 일하는 것이 보였다. 내가 마당에 이젤을 내놓고 그림을 그리고 있을 때 사람들이 지나가면서 한가로운 화가의 삶을 생각했을지 모른다. 할머니와 나는 한가로운 삶은 아니었다. 가족들 자동차 사고 보험금 받은 것으로 살아오다 이곳으로 이사 오면서 아파트도 팔아치웠다. 그 돈이 떨어지면 나는 그림을 팔아야 할 처지였다. 그래서 할머니는 내가 돈 벌 생각을 하지 않는다고 자주 들볶는다.

나는 할머니만 시골에 두고 도심에서 일터를 만들어 여

유 있는 생활을 하지 않는 이유를 모르겠다. 할머니와 각별한 사이도 아닌데 산골에 틀어박혀 그림만 그리고 있는지 설명할 수 없다. 집에서 강 있는 곳까지 길이 하얗게 뻗어 돋보였다. 낡은 건물 옆에서 그림을 그릴 때마다 '가르마 같은 논길 따라'라는 대목의 노래를 흥얼거리곤 했다. 나무가 없어서 시멘트 포장된 길이 생뚱맞아 보이는 길을 날마다 오르내리며 그림을 그린다. 길옆은 제초제를 잘해서 풀도 없다. 태풍에 시멘트 포장된 길옆이 깊게 패인 곳이 많다. 나는 집을 그리고 그 길을 그릴 때 길 옆으로 나무를 심었다. 풀도 길렀고 하얀 길에 나무 그림자도 드리웠다. 할머니가 지나가다 내 그림을 봤는지 없는 나무를 잘도 만들어 내는구나 비꼬았다. 할머니는 미술대학에 가는 것을 하찮게 여겼다. 품격 낮은 짓을 한다는 거였다. 명문대학 법대에 입학한 손자만 품위 있고 집안의 격을 높이는 존재였다. 그 지독한 편애 속에 할머니에 대한 미움이 무관심으로 변했을 즈음 단둘이 남게 되었다. 다른 가족이 모두 세상을 떠난 충격보다 더 큰 충격은 할머니와 살아야 한다는 거였다.

지붕 고치는 일뿐만 아니라 전기 고치는 일이며 못 박는 일, 힘이 필요한 일은 모두 내가 손수 했다. 할머니는 으레 손녀가 수선 전문가라도 되는 듯 일을 시켰다. 할머니와 저녁을 먹으면서 문득 할머니에게 장난을 하고 싶었다.

"할머니 지붕 고치는 일이나 전기 잘 고치는 것도 엄마 닮아서 그래?"

할머니는 밥 먹다 나를 빤히 쳐다본다. 흥, 주는 대로 받는 거지 마음속으로 할머니를 비웃었다.

"니 에미가 언제 집 고치는 것 봤냐? 망치질만 살살 하면 되는 것을 꼭 애비 시켜서 하는 것 못 봤어?"

긁어서 상처를 더 키웠다. 할머니를 상대해서 이겨볼 생각을 왜 했을까 순간 후회됐다. 세상을 많이 산다는 것은 어떤 시험에 빠져도 잘 피해 나가는 능력을 가지게 된다는 것일까. 시험에 빠지게 하려는 상대의 마음을 갈파해서 되받아치는 선수가 되는 것일까. 밥을 먹으면서 나이 먹는 것과 비례해서 얻어지는 것들을 생각했다. 잡다한 생각들을 하면서 언젠가는 할머니한테 꼭 되갚아 줄 날이 올 거라고 다짐했다.

태풍이 지나가고 난 뒤 어느 정도 정리가 끝났다. 그림을 그리기에는 마음이 어수선하다. 숲속에 들어갔다. 뒷산은 내가 사는 집 후원이다. 소나무와 참나무, 산딸나무, 엄나무, 산죽나무, 갈참나무 등 몇 종류 되지 않는 숲속의 나무들이 덩굴들에게 수난을 겪고 있다. 칡덩굴이 어느새 소나무와 대나무를 타고 올라가 가지를 처지게 했다. 한 달 전에 칡덩굴을 쳐냈는데 어느새 새순이 자랐다. 전지가위로 칡덩굴을 찾아 자르기 시작했다. 칡덩굴뿐만 아니었다. 실한 다래 덩굴이 소나무 위에 턱 걸치고 누워있다. 덩굴을 쳐낼 때마다 보이는 대로 잘라내는데도 며칠 지나서 보면 나무처럼 태연하게 서서 눈속임을 한다. 다래덩굴의 줄기를 전지가위로 잘라내며 희열을 느꼈다. 이제 너희들은 말라 죽는 거야. 칡덩굴과 다래덩굴이 감고 올라간 나무는 뱀에게 잡혀 꼼짝 못하고 숨 막혀 죽어가고 있는 먹이 같았다. 그동안 소나무나 참나무는 숨이 막혀 질식했을지 모른다. 칡덩굴이 굵은 것은 나무를 사선으로 말고 올라가 얼핏 보면 뱀이 둘둘 말고 있는 것 같기도 했다. 청미래덩굴은 칡이나 다래덩굴처럼 큰 나무를 타고 올라가지는 않지만 줄딸기에 기대 살아가고 있다. 줄딸기의 가시를 아랑곳하지 않은 것을 보면 지독하게 억센 기질인 것 같다. 더구나 바닥에는 외래종인 환삼덩굴과 가시박이 덩굴이 이제 막 커가는 나무들을 칭칭 감아 땅 밑으로 끌어내리고 있다. 이것들은 살갗에 닿으면 상처가 나고 상당히 오랫동안 아프다. 다른 나무에 기생해서 살아가는 덩굴들 줄기를 싹둑싹둑 잘라버렸다. 저 혼자 못 살면 살지를 말지. 혼자 중얼거리며 열심히 덩굴들을 자른다. 모기가 얼굴을 물어뜯었다. 긴팔 옷에 모자를 써서 모기가 얼굴을 공격한다. 배낭에서 모기약을 꺼내 한바탕 뿌리고 다시 산 속을 헤맨다. 지나온 곳은 다시 다닐 수 있도록 풀을 베고 필요 없는 가지들은 잘라서 숲속을 환하게 만들었다. 일일이 손으로 하기 때문에 숲속이 빨리 정리되지는 않는다. 그렇지만 이를 악물고 숲속에 있는 칡덩굴을 자르고 풀을 벤다. 다래덩굴과 팔뚝만큼 굵은 칡덩굴을 톱으로 자르는 것은 어려운 일이다. 중간 중간 숲에서 나와 나무를 바라본다. 칡덩굴에 휩싸인 나무를 봐두려는 것이다. 칡에게 한이라도 있는 사람처럼 열심히 베다 멈췄다. 문득 이것들도 살려고 그러지 않나 하는 생각이 스쳐 지나갔다. 할머니처럼. 아주 짧은 순간이었다. 할머니처럼 이라고. '아니야, 그런 생각하면 안 돼.' 나는 더 열심히 칡을 찾아 베고 다른 덩굴도 잘라낸다. 잘린 칡덩굴은 타잔이 타고 다니는 줄처럼 여기저기 늘어져 있다. 싹둑 잘려 나간 덩굴의 모습이 을씨년스럽다. 나무에 매달려 있는 시체 같다는 느낌이 들어 오싹하다. 칡덩굴을 잘라버리려고 잡아당긴다. 덩굴이 축 늘어진다. 손이 닿는 곳을 잘라봐야 늘어지는 것은 마찬가지다. 나뭇가지도 덩달아 아래로 처진다. 풀을 베어버려서 더욱 선명하게 드러난 칡덩굴이 죽죽 늘어진 숲은 으스스하고 뒷목으로 서늘한 기운이 강하게 내리 뻗는다. 시선을 돌릴 때마다 늘어진 칡덩굴 줄이 신경을 곤두서게 한다.

땀이 코끝에서 뚝뚝 떨어진다. 옷도 후줄근하게 젖었다. 모기가 문 곳이 가렵고, 더워서 숨이 막힌다. 옷이 젖어서 팔을 올리는데 뻑뻑하다. 얼굴이 후끈거린다. 머리카락 속에서 땀 흐르는 것이 느껴진다. 무섭고 무더워 숲에서 빠져나온다. 할머니는 고추 몇 개와 가지, 오이를 딴 바구니를 옆에 내려놓고 앉아서 땀을 식히고 있다.

"너는 할 일 없으면 밭이나 맬 것이지 산에서 뭔 쓸데없는 일을 하고 다니니?"

할머니 입장에서 보면 쓸데없는 일이겠지. 숲에서의 썰렁한 잔상이 삽시간에 사라진다. 할머니의 손을 이끌고 목욕탕으로 들어간다. 목욕하지 않겠다는 할머니와의 실랑이는 여전하다. 할머니와 실랑이를 하느라 내 얼굴이 벌겋게 상기된다. 할머니를 미지근한 물로 닦아주는데 더워서 짜증이 난다. 시원한 물을 한 바가지 뒤집어쓰고 싶다. 할머니 목욕을 빨리 끝내고 찬물을 끼얹어야겠다고 마음먹으니 바쁘다. 할머니의 엉덩이를 닦아주려는데 버둥거린다. 나도 모르게 할머니 엉덩이를 찰싹 때렸다.

"이년이 이제 할미를 때려?"

순간 할머니의 얼굴이 파르르 떨렸다. 나를 쳐다보는 할머니의 눈빛에 살기가 느껴진다. 나도 놀랐다. 내가 이런 짓을 할 수 있다는 것에. 할머니도 황당한지 말을 하지 못하고 무서운 눈으로 노려보며 턱을 떨고 있다.

"할머니 미안."

할머니가 버둥거려서 나도 모르게 그랬다는 둥 다음 말을 할 틈을 주지 않고 변명을 길게 했다. 할머니는 씩씩거리며 내 얼굴에서 시선을 떼지 못한다. 옷을 입히면서도 내가 할 수 있는 온갖 말들을 쉴 틈 없이 했다. 할머니에게 공격할 기회를 줄 수 없었다. 얼마나 매정한 말을 퍼부을지 짐작할 수도 없으니까.

할머니가 방에 들어간 뒤 나는 아주 천천히 샤워를 했다. 샤워가 끝나면 저녁을 준비할 것이다. 저녁을 먹으려면 할머니와 마주 앉을 것이다. 그 생각만으로도 암담했다. 찬물을 맞으며 서서 생각한다. 어떻게 수습할 것인가. 밥 먹을 준비가 된 다음에 할머니를 부르지 못하고 한동안 앉아 있었다. 할머니는 기다리다 내가 부르기 전에 식사하러 나왔다. 할머니는 말없이 식사만 한다. 그동안 방에서 생각을 정리하고 나온 것 같다. 나도 더 이상 말하기 싫다. 김치 씹는 소리, 오이소박이 씹는 소리만 식탁 위에 맴돈다. 반 공기 정도 밥을 먹다 할머니가 숟가락을 탁 소리 나게 식탁 위에 내려놓는다.

나는 할머니의 얼굴을 바라보았다. 할머니는 한동안 오이소박이를 노려보더니 약간 떨리는 목소리로 말했다.

"너는 도대체 언제 돈을 벌어올 생각이냐?"

이 시골에서 어떻게 돈을 벌어오라는 것인지 대답 대신 열심히 밥을 먹었다.

"생선 대가리라도 하나 얹어져야지 이 늙은 할미한테 풀만 먹여야 되겠니?"

"할머니 생선 사다 바치기 위해 일하라는 거야?"

할머니와 나는 밥을 먹다 말고 말다툼을 했다.

"너는 나 아니었으면 고아였어. 고아가 뭔지 아니?"

나는 할머니의 선심에 울컥해서 더욱 사납게 대들었다.

"밥해주고 술친구 되어 주고 목욕시켜주고 같이 살아주고 집 부서지면 고쳐주고 고맙게 생각해야지 돈까지 벌어오라고 하면 할머니는 양심도 없는 거야."

할머니의 눈이 위로 치켜 올라간다. 너야말로 내 재산으로 학교 마치고 지금까지 편하게 살았지 않느냐고 소리지른다.

"내가 할머니한테 기대고 살았다는 거야?"

"그러면 내가 너한테 기대고 살았니?"

삼십 분 넘게 할머니와 나는 서로가 삶의 주체였음을 주장했다. 먹던 밥이 식어서 더 이상 먹고 싶지 않았다. 나는 설거지통에 밥그릇을 소리 나게 집어넣고 밖으로 나왔다. 노을이 지는 하늘을 올려다본다. 할머니와 나는 뭐지? 할머니는 나를 데리고 산 것일까? 내가 할머니를 모시고 산 것일까?

며칠 뒤 모임이 있어서 G시에 갔다. 미술학원을 운영하는 선배에게 일자리를 알아봐 달라는 부탁을 한다. 선배는 그려둔 그림이 있는지 물었다. 누가 알아주지도 않는 그림들인데 많으면 뭐 하겠냐고 나는 얼버무린다. 선배는 한 달 뒤 전시회를 하는데 다섯 점만 후배들 작품 공간에 채워달라고 한다. 일자리 알아보러 갔다가 그림만 전시하게 되었다.

할머니는 아침을 먹으면서 취업이 되었는지 물었다. 취업이 쉽지 않다고 말해도 될 것을 발끈해서 절대로 취업은 하지 않을 거라고 악을 썼다. 아침상을 치우지 않은 채 숲속에 들어간다. 며칠 전 정리 한 곳은 나무 사이로 걸을 만했다. 칡덩굴에 감겨 산죽이 축 늘어져 있다. 전지가위로 칡덩굴을 자를 때마다 내 팔과 다리에 묶여 있는 사슬을 떼어낸 듯 시원하다. 악착스럽게 칡덩굴을 찾아내 밑동을 싹둑 자르면 가슴이 후련하면서 한편으로는 알 수 없는 의문이 찾아든다.

선배 전시회가 끝나고 내 그림을 다시 가져오는 것을 본 할머니가 한마디 한다.

"누가 그걸 사가겠냐? 순전히 거짓으로 그린 그림을."

할머니는 그림을 가지고 나갈 때 팔러 간다고 생각했을 것이다. 다시 들고 오니 심술이 나서 한마디 던진 것이지만 나는 다시 토라졌다. 다른 할머니들처럼 손녀를 안타깝고 걱정스러운 눈길로 바라보지 않는 것이 아쉬웠다. 돈만 벌어오라고 닦달하는 할머니가 섭섭했다. 나는 속이 상하면 으레 숲속으로 들어간다. 무방비 상태로 들어가 모기만 물리고 나올 때도 있다. 숲속은 후텁지근하다. 비가 오려는지 습한 바람이 나뭇가지 사이를 뚫고 들어와 내 얼굴을 스치고 간다. 바람이 분다. 바람이 불면 가슴 저편에 숨어 있던 기억 하나가 불쑥 튀어나온다. 바람은 끊임없이 살랑살랑 불지 않는다. 산모의 진통과 흡사하다. 강하거나 약하거나 한 번 지나가면 간격을 두고 쉬었다 다시 지나간다. 바람이 풀을 살짝 눕힌다. 시간이 지날수록 풀이 땅에 닿도록 바람은 힘을 쏟아낸다. 비가 내릴 징조다.

그날은 태풍이 몰아칠 징조였다. 가족들과 피서지 민박집에 있었다. 태풍 때문에 피서지에서 철수하려는데 민박집 며느리가 진통을 하기 시작했다. 진통의 주기가 짧아져서 철수하려는 우리 가족의 차를 얻어 타고 병원으로 향했다. 할머니와 나는 하루 더 묵기로 하고 산모에게 차를 양보했다. 바람의 세기가 강해지면서 산모의 진통도 강해졌다. 잘못하다가 차 안에서 아기를 낳게 될지 모른다며 엄마는 서둘렀다. 가족들은 할머니와 나를 남겨두고 급하게 떠났다.

왜 하필 나와 할머니가 남게 되었는지 모른다. 엄마도 알고 아버지도 알고 있었다. 나와 할머니 사이가 좋지 않다는 것을. 그런데도 산모 때문에 할머니와 나는 남겨졌다. 나는 왜 하필 나였는지 화를 내며 밑동이 잘린 나무를 전지가위로 내리친다. 잘린 나무 밑동의 하얀 속살이 부서지도록 계속 내리쳤다. 전지가위를 높이 쳐들고 다시 내리치려다 줄딸기 가시에 팔이 강하게 스쳤다. '아얏' 나도 모르게 비명이 터져 나온다. 눈물이 찔끔 난다. 다친 김에 속에 가득 찼던 눈물을 쏟아낸다. 영문을 모르는 모기 몇 마리가 머리 주위에 맴돌며 성가시게 군다. 숲속에서조차 마음대로 울 수 없다. 어디선가 마음 놓고 울어보았으면 좋겠다. 외딴집 숲속마저 방해 받아 울지 못하고 모기에게 쫓기듯 숲속에서 나온다. 무엇인가 늘 곁에 존재하지만 그 존재가 방해 된다. 마음속에서 갈망하는 존재는 없다.

선배의 전시회에서 내 그림을 본 출판사 기획팀장이라는 사람이 연락을 했다. 동화책 삽화를 그려달라고. G시에 몇 번 다녀온 뒤 화실에 틀어박혀 그림만 그렸다. 그림을 그리는 중간 중간 할머니가 슬쩍 들여다보고 가는 것을 느낀다. 그림을 그리면서 할머니가 돈이 되는 것을 한다고 생각하지는 않을 것이라고 짐작한다. 할머니는 그림이 돈 되지 않을 것이라고 예전에 포기했을 것 같다. 다른 때와 달리 집중하고 있어서 말을 붙이지 못하고 있는 것이라고만 생각했다. 동화책 삽화는 꽤 분량이 많다. 삽화를 그리면서 문득 잘린 칡덩굴이 타잔이 타고 다니는 줄처럼 늘어져 있는 광경이 떠올랐다. 삽화가 끝나면 숲 속 그림을 그릴 것이다. 삽화를 그려서 꽤 많은 돈을 받았지만 나는 통장에 넣어두고 살림에 보태지 않는다. 할머니에게 생선을 사줄까 생각했지만 망설이다 그만둔다.

초겨울의 숲은 우거질 대로 우거진 상태에서 메말라 앙상하다. 삽화 그리기 전에 정리한 숲은 다시금 덩굴이 얽혀 길이 없어졌다. 아직도 소나무나 참나무에 걸쳐져서 생명을 유지하고 있는 덩굴이 눈에 띈다. 그것들을 차례대로 자르고 풀을 정리한다. 숲을 정리하면서 나무 몇 그루를 잘라 의자를 만든다. 먼저 스케치북에 디자인한 뒤 톱으로 자르고 못질해서 의자를 만든다. 의자를 만들고 있으면 할머니는 지나치면서 힐끔거리기만 한다. 대패질을 할 수 없어서 나무를 통째 썼더니 투박스럽다. 숲속에서 그림을 그리기 위한 의자로서는 무방하다. 잘려서 덩그러니 매달린 칡덩굴을 그리고 나무를 타고 올라가다 잘린 칡덩굴을 그린다. 아홉 점을 스케치해서 화실에 두고 며칠 G시에 다녀온다. G시에 다녀오면서 할머니가 좋아하는 말린 생선을 사들고 온다. 처음 해본 일이라 우쭐한 기분이 든다. 할머니한테 큰소리치려고 생색내는 것은 아니지만 기분이 들뜬다. 집에 가자마자 생선찜을 하느라 레인지에 앉혀두고 화실에 간다.

　화실은 먼지가 가라앉은 채 고요하다. 고요한 화실의 정적이 쓸쓸하게 느껴진다. 이게 앞으로 내 삶의 느낌일 거라고 생각하니 우울해진다. 내일은 화실의 분위기부터 바꿔야겠다는 계획을 세우면서 스케치한 그림 앞으로 간다. 숲에서 스케치한 그림을 보고 나는 소리를 지른다. 누군가 그림마다 새까맣게 수없이 많은 선들을 그린 것이다. 할머니를 찾아 나선다. 할머니의 소행이 분명하다고 생각한다. 할머니는 배추밭에 있다. 나는 다짜고짜 배추를 뽑아 동댕이친다. 배추가 생각보다 잘 뽑히지 않아서 무가 심어진 곳으로 간다. 무를 몇 개 뽑아서 동댕이치는데 할머니가 고래고래 소리 지르며 내 팔을 잡는다. 할머니는 무를 뽑지 못하게 붙잡고 나는 무를 뽑으려고 할머니를 뿌리친다. 오 분 정도 실랑이를 한다. 결국 할머니가 기우뚱하더니 무 잎이 푸른 잎사귀 더미 위에 넘어진다. 할머니 신체를 직접 가해할 생각은 아니었다. 어떤 방법으로든 화풀이를 하지 않으면 미칠 것 같다. 할머니가 넘어지는 것을 보고 나는 집으로 돌아간다. 그 사이 생선찜이 타고 있다. 내가 미쳤지. 단단히 미쳤지. 식탁 앞에 서서 물을 벌컥벌컥 들이킨다.

시간이 꽤 지났는데 할머니는 집에 오지 않는다. 겨우 가라앉던 울화가 다시 치밀어 오른다. 빠른 걸음으로 발을 터덕터덕 소리 나게 내딛으며 밭으로 간다. 할머니는 신음소리를 내며 움직이지 못하고 있다. 겁이 더럭 났다. 내가 무슨 짓을 했을까.

할머니는 대퇴부 뼈가 골절되어 병원에 입원했다. 뼈가 완전히 부러지지는 않고 금이 간 상태라 깁스를 하고 누웠다. 대소변을 받아내야 한다. 육인 병실은 빈 침상이 없었다. 삼인실에 입원했다. 기저귀를 채웠지만 자주 살펴야 하기 때문에 할머니 옆에 걸터앉아 있거나 할 일 없이 제자리걸음을 반복했다. 병실에 입원하면서 어쩌다 다쳤냐는 질문을 가장 많이 받았다. 할머니는 밭에서 일하다 미끄러졌다고 대답하곤 했다. 나는 할머니의 대답을 들을 때마다 가슴 한쪽이 송곳으로 찔리는 것 같다. 누군가 어쩌다 넘어졌냐고 물으면 눈을 내리깔고 앉아 있기만 했다. 간혹 누군가는 간병하는 사람이 손녀라고 하면 요즘 아가씨는 아니라고 칭찬을 해주는 이도 있다. 그럴 때는 더욱 마음이 불편하다.

할머니 엉덩이는 컸다. 기저귀를 갈아 채우려면 중노동을 하는 것 같다. 더군다나 다리를 다쳐서 마음대로 몸을 굴려서 힘이 덜 들도록 기저귀를 채울 수 없다. 그럴 때마다 엉덩이를 철썩 때렸던 일이 떠오르곤 한다. 할머니는 병원 밥을 먹지 않으려고 한다. 집에서 반찬을 만들어다 할머니가 먹게 하고 내가 병원 밥을 먹었다. 맛없지만 귀찮은 것에 비할 수는 없다. 할머니의 엉덩이 살 때문에 힘들어지면서 나는 할머니에게 채소만 해줬다. 할머니가 또 생선 타령을 했다. 나도 모르게 살찌면 안 된다는 말이 튀어나올 뻔했다. 잘 먹어야 뼈가 빨리 아문다는 거였다. 그러면 병원에서 주는 밥을 먹어야 한다고 나는 할머니의 생선 타령을 무마하려고 했다. 병원에서 주는 대로 먹으면 칼로리가 알맞기 때문에 병원 밥을 먹어야 한다고 했다. 할머니가 빽 소리를 질렀다.

"나를 밀쳐 뼈를 부러뜨려 놓고 먹는 것도 제대로 주지 않을 작정인가 보구나. 도대체 너하고 나는 무슨 원수가

졌기에 이렇게도 힘든 거니?"

할머니의 소리에 나도 모르게 주변을 둘러보았다. 옆 침상 할머니의 시중을 들고 있던 며느리가 못 들은 척하고 자기 할 일만 한다. 나는 얼른 병실을 나온다. 할머니와 나는 왜 이렇게 힘든 것인지 생각하며 걷다 보니 수예점 앞이다. 수예점에는 나이 들어 보이는 여자와 젊어 보이는 여자 몇 명이 섞여 뜨개질을 하고 있다. 모두들 고개를 숙이고 뜨개질하고 있는 모습이 진지해 보인다. 누구에게 옷을 만들어 입히려고 저렇게 정성을 들일까 한참 서서 바라본다. 나도 무엇인가 뜨개질을 하고 싶어진다. '무엇을 짤까?' 한참 망설인다. 나도 누군가에게 사랑이든 무엇이든 염원을 담아 뜨개질한 것을 주고 싶다.

수예점 문을 밀고 들어간다. 파란색 실을 가리키며 모자 짤 만큼 주라고 한다. 뜨개바늘과 실을 사서 병원으로 간다. 할머니의 기저귀를 갈아주고 뜨개질을 시작한다. 할머니가 뭘 짜냐고 물었다.

"할머니 모자."

할머니는 눈을 내리깔고 눕더니 화들짝 눈을 뜨고 소리친다.

"야야, 그렇게 칙칙한 색으로 짜면 어떡하냐?"

나는 단 한 번을 그냥 넘어가지 않는 할머니를 바라본다.

"할머니와 나는 정말 근본적으로 문제가 있나 봐요."

한 달이 넘는 병원 생활을 마치고 할머니와 나는 바람 부는 집으로 돌아온다. 그 사이 겨울이 집 안팎을 황량하게 만들었다. 숲도 텅 빈 공간에 칡덩굴이 주렁주렁 늘어져 더욱 황폐하게 보인다. 할머니가 엉망으로 만들어버린 그림을 태운다. 우중충한 하늘로 바람 따라 검은 연기가 회색으로 옅어지며 흩어진다.

벼꽃

길을 걷고 있었다. 땅속에서 힘센 괴물이 잡아당기는 듯했다. 스르륵 땅속으로 들어갈 것 같았다. 가끔 무릎이 꺾여 한쪽으로 기우뚱 넘어질 뻔했다. 지저분하고 냄새나고 불평등한 도시 속에서 나는 혼자였다. 혼자인 나는 무대를 누비며 춤을 추듯 외로워하고 싶었다. 기뻐서 추는 춤이 아니라 외로워 몸이 뒤틀리는 춤을 추며 걷고 싶었다. 기뻤던 기억이 없다. 그렇다고 늘 불쾌한 마음으로 지냈던 것은 아닐 텐데 기쁨이랄지 좋았던 기억이 없다. 기억은 믿을 만한 것은 아니었다. 똑같은 상황에 있었는데 누구는 또렷이 기억하고 누구는 전혀 기억나지 않기도 했다. 지금 내가 우울하기 때문에 기뻤던 일이 생각나지 않을 수도 있다. 내 무대는 길이다. 무대에서 성큼성큼 걷는 것보다는 춤을 추면서 걷는 것이 덜 지루할 것 같아 걸음에 박자를 넣고 싶었다. 그런데 몸이 무거웠다. 몸은 발

아래로 처질 것만 같이 위태로웠다. 땅이 잡아당기는 것처럼 느껴졌다. 몸에 무게를 더하게 된 것은 순전히 내 선택이었다. 그 선택이 내 걸음을 느리게 했지만 짐을 덜어낼 수는 없었다. 무거운 몸을 이끌고 지나온 길을 걷고 또다시 걸었다. 얼마쯤 걷다 주변을 살폈다. 실제로는 나와 관계된 것을 찾으려고 했다. 나와 밀접한 관계가 있는 사람. 그러면서 지나가는 사람들을 훑어보았다. 양손에 짐을 들고 몸을 기우뚱 한쪽으로 기울어지도록 걷는 사람, 한 손에 모든 짐을 들고 걷는 사람, 아무것도 들지 않고 가볍게 걷는 사람, 고개를 푹 숙이고 땅만 바라보며 걷는 사람, 여러 종류 사람들이 걷고 있었다. 보도블록에 새까만 땟물이 짙게 배어 있어서 그 가장자리에 걸터앉아 누군가를 기다리기에는 적절하지 않은 장소였다. 그 피곤한 장소에서 우리는 날마다 만나곤 했다. 느린 걸음으로 거리를 배회할 때와는 다르게 인내심 없이 기다림을 못 참아 소리 질렀다. 야! 언젠가부터 그의 이름은 '야'였다. 나는 그를 '야'라고 불렀다. 이름을 부르면 우리의 정체를 들켜버릴 것 같았다. 그와 나는 '야'라는 호칭에 대해 이야기 나눌 시간이 없었다. 어두워져서 만나면 잠자리를 찾아 다녔고, 잠 잘 만한 장소가 있으면 누워서 자고, 해가 뜨면 일어나 죽 파는 집에서 죽을 먹고, 각자 행동했기 때문에 굳이 호칭이 문제 될 필요가 없었다. 길이 보였다. 사람들도 보였다. 남자 화장실 앞에서 야! 소리쳤지만 대답이 없다. 그가 대답을 했던 일이 있었는지 모르겠다. 그냥 기다리면 슬그머니 다가왔었다. 소리 지르고 잠시 나타나기를 기다렸지만 정적만 화장실 앞에서 어슬렁거렸다.

시장 안으로 빈 수레가 자갈길 굴러가듯 요란하게 터덜거리며 들어갔다. 저녁식사 손님을 기다리고 있는 식당 아주머니에게 물었다. 내 남편 봤어요? 고개를 저었다. 앞치마 주머니에 손을 넣고 목을 길게 빼고 시선을 먼 데 둔 식당 아주머니는 배고픈 손님을 찾고 있었다. 그 앞에 아직 수레를 펼치고 있는 때수건 파는 이에게 남편 봤냐고 또 물었다.

"못 봤어. 근데 몸은 언제 풀어, 진짜 일흔 맞아?"

대답하지 않고 그냥 갔다. 일흔에 임신한 여자라니. 나이 칠십에 임신한 여자라고 그들은 말했다. 평균연령이 백사십 살인 나라가 있었다는 이야기를 들었다. 그 나라는 네팔인가 하는 나라의 산 속 깊은 곳에서 사는 부족들인데 그곳에서 재배한 음식을 먹을 때 백사십 이상 살았다고 했다. 그 나라에서는 칠십 살에 출산을 했다는 말도 들었다. 내가 사는 나라는 평균연령이 아직 백 살도 되지 않는다. 평균연령이 백 사십 살이었던 나라 사람들은 외부에서 인스턴트 음식이 들어오면서 점점 수명이 짧아졌다고 했다. 수명이 긴 나라도 아닌 이곳에서 내가 칠십에 임신을 했다고 신기하게 바라보았다. 불룩한 배를 이끌고 여자 화장실로 갔다. 아직 화장실을 찾는 이들이 끊이지 않았다.

다시 길을 걸었다. 바람 끝에 꽂혀있던 칼날이 얼굴을 할퀴고 지나갔다. 바람 때문이었을 거다. 바람이 콧속을 지나 폐에 다다를 때 나는 외로움을 느꼈다. 폐에 느껴지는 차가움과, 얼굴을 스치는 바람과, 더 이상 갈 곳이 없다는 절박함이 외로워서 죽을 것 같다고 절규라도 하고 싶었다. 외로움이 슬픔을 지저분한 도로 가장자리에 울컥울컥 게워냈다. 보도블록에 털썩 주저앉아 소리 내어 울기 시작했다. 지나가는 사람들이 나를 피해 돌아가거나 후다닥 달려가는 것을 느꼈다. 그래도 울고 싶을 때 울수 있어서 얼마나 다행인가. 거리에서 생활하지 않았을 때 울고 싶은데 울 곳이 없어 길거리를 걸으며 찔끔거리다 말았던 기억이 났다. 한참 울다 내가 우는 이유를 잊어버렸다. 바람이 불어서 울었던가? 바람은 쓸쓸하게 만드는 것일까? 무거운 몸을 뒤뚱거리며 걸었다. 바람 한

자락에 슬퍼진 가슴을 누군가에게 들키지 않으려고 했지만 쓸데없는 행동이었다. 지저분한 옷을 걸치고 불룩한 배로 오리처럼 걷는 나를 눈여겨보는 사람은 없었으니까. 그렇게 생긴 내가 마음 내키는 대로 울 수 있어서 좋기는 했다. 길가 한 귀퉁이에 앉아서 울어도 신경 쓸 사람은 없었지만 십 원짜리 동전 크기의 자존심이 쓸데없이 아무 데서나 울었다고 투덜댔다.

길을 걷는 동안 바람은 코에서 폐까지 끊임없이 순환하고 바람 때문에 걸음은 느려졌다. 길을 걸으며 언제까지 이 길을 걸어야 하는지 생각했다. 길 위에서 진짜 칠십이 될 때까지 살아야 할지 모른다는 생각은 무섭고 두려웠다. 그와의 관계가 아니라면 길 위에서 생활하지 않아도 될 것 같았다. 그렇지만 그 관계가 끝난다면 더 이상 살고 싶지 않았다. 생각하기 싫었다. 아무 생각 없이 걸어야 하는데 늘 생각을 했다. 몸은 점점 더 무겁게 느껴졌다. 박스 몇 장을 들고 화장실로 갔다. 남자 화장실 앞에서 몇 번 '야' 소리쳤지만 적막이 귀를 멍하게 했다. 여자 화장실 바닥에 박스를 깔고 그 위에 앉았다. 공중화장실은 비교적 넓었다. 청소용 도구를 보관하는 칸과 화장실이 세 칸이었다. 세면대에 손 씻는 수도꼭지가 세 개 있었다. 보송보송한 박스 위에 앉으니 신기하게도 양탄자처럼 느껴졌다. 신을 벗어 한쪽에 가지런히 두고 양말을 벗었다. 씻은 지 오래된 발은 굴참나무 껍질처럼 딱딱하고 거칠었다. 옷 속에 들어있던 물건들을 꺼냈다. 비누, 수건, 양말, 속옷, 겉옷, 자루, 비닐봉지, 낮에 먹고 남긴 빵조각, 칫솔, 치약 심지어 남자 속옷과 남자 양말 등등 배가 불룩하게 가득 찼던 물건들을 박스 위에 펼쳐보니 한 살림이 들어있었다. 수건을 목에 두르고 양치를 하기 위해 일어섰다. 가볍다. 가벼워서 공중에 붕 떠다닐 것 같다. 양팔을 벌리고 날아가는 것처럼 움직여 보았다. 가볍다. 조금만 더 가벼우면 날 수 있을 것 같았다. 양팔을 벌리고 세면대 앞을 오가며 날아가는 시늉을 한참 동안 했다. 목에 걸쳤던 수건을 공중에 빙빙 돌렸다. 실제로 날아오를 수 있을 것 같았다. 이렇게 가볍다면 금방 공중에 뜰 수 있을 것 같아 훌쩍 뛰어 보았다. 최대한 몸뚱이를 가볍게 하고 살아야 했다. 훨훨 날지 못하더라도 몸은 가볍게 살아야 할 일이었다.

양치를 하고 세수까지 했다. 겨우내 씻지 않았던 발도 세면대에 억지로 올려 비누칠해서 씻었다. 아직 겨울이 남아 있어 온몸이 덜덜 떨렸다. 배에 넣고 다니던 옷가지를 다 챙겨 입고 커다란 점퍼를 입은 다음 세수하기 전에 꺼냈던 물건들을 배에 집어넣었다. 이 물건들을 뱃속에 집어넣어야 마음이 편했다. 배가 다시 불룩해졌다. 불룩한 배가 무겁지만 배의 무게에 따라 내 슬픔의 강도가 달랐다. 영락없이 만삭의 배 모양이었다. 나는 몸속에 아이가 없지만 임산부처럼 분장하고 무대에서 서성거리는 것을 좋아했다. 수건으로 얼굴을 감싸고 박스 위에 누웠다. 그가 있을 때는 화장실에서 밤을 보내지 않았다. 거의 주차장 한구석에서 박스를 깔고 자거나, 시장에서 십여 분 걸어가 정자에서 잠을 잤다. 그래서 수건으로 얼굴을 감싸 한기를 막곤 했다. 그런데 화장실은 지린내 구린내 다른 잡동사니 냄새가 합쳐져 콧속으로 들어와 난장을 쳤다. 화장실은 바깥보다 여러 가지 냄새를 풍겼으며 잠을 자기에는 부적절했다. 수건으로 코를 덮으니 냄새는 덜 했지만 쉬 잠이 들지 않았다. 그는 어디 있을까. 밥은 먹고 다니는지 잠은 어디서 자는지 궁금했다. 내일도 그를 만나지 못한다면 어떻게 할까. 어떻게 할까 라는 질문을 던지고 한참 마음이 울적했다. 생각하지 말아야지. 생각을 하지 않아야 했다. 그렇지만 틈만 나면 생각이 획 지나쳐갔다. 어떻게 할까. 어떻게 할까. 답을 낼 수 없는 생각을 지루하게 하다 잠이 들었다.

주황색 포대를 들고 '십 원만 주세요'를 반나절 외쳤다. 작은 도시 변두리에 장날이면 사람들이 많이 몰려왔다. 쌀 포대 무게가 느껴질 때쯤 배가 고팠다. 어제저녁부터 굶어서 허리가 펴지지 않았다. 먹지 않아도 살 수 있다면 좋겠다. 구걸해서 굳이 먹고 살려고 하는 이유를 잘 모르겠다. 살긴 살아야 하는데 일하기 싫고 돈은 필요하고 그래서 구걸을 하는 것일까? 포대 부피를 작게 만들어 화장실에 가서 돈을 정리하고 마트로 갔다. 빵을 사면서 동전을 지폐로 바꾸고 소매 속에 잘 감췄다. 무엇이든 잘 감춰야 했다. 수건이나 비누도 내 몸에 붙어 있어야 안심이 되었다. 땟물이 검게 물든 보도블록에 걸터앉아 빵을 먹고 있을 때 그가 나타났다. 먹던 빵을 반으로 쪼개 그에게 건넸다. 그는 내 손이 더러워서인지 배가 고프지 않아서인지 빵을 내민 손을 밀었다. 그냥 말없이 내 옆에 앉아 있기만 했다. 그의 머리에 흰머리가 부쩍 늘었다. 검게 그을린 얼굴이 지저분하기까지 했다. 눈곱까지 속눈썹에 얹혀 있어 지금까지 잠을 자다 나타난 것 같았다. 비쩍 마른 몸에 약간 큰 옷을 걸치고 머리는 정리되지 않아 기름기로 덕지덕지 엉켜 영락없는 거지 행색이었다. 그 모습으로 내 옆에 앉아 있는 속내를 생각하니 비루하게 보였다. 어젯밤 어디서 잤느냐 묻지 않고 그를 바라보았다. 이 남자는 나를 무엇이라고 생각할까. 내 곁에서 말없이 앉아 있는 것은 다 속셈이 있어서다. 그 속셈에 대해

피차 이야기해본 일은 없다. 은근히 심통이 나지만 그를 오래 기다리게 하면 안 된다는 것을 알고 있다. 나는 이 남자가 없으면 살 수 없다. 목숨만 붙어 있는 삶. 목숨은 붙어 있지만 영혼이 난장판인 삶. 이 남자가 없으면 그렇게 될 것이다. 그를 옆에 붙들어두려면 가끔 혼자 자는 것도 감수해야 했다. 그 밤 외로움과 무서움이 시간을 길게 늘려도 참아야 했다. 천천히 빵을 먹고 소매부리 속에 감춰두었던 지폐를 꺼내 건넸다. 그는 돈을 받더니 주저하지 않고 벌떡 일어났다. 찬바람이 우수수 떨어졌다. 그는 반대쪽으로 몸을 돌리더니 성큼성큼 걷기 시작했다. 허전한 바람이 다시 일어 그가 앉았던 자리를 휙 돌아 사라졌다. 좀 더 앉아 있을 것이라고 생각했는데 지나치게 일찍 그는 제 볼 일을 보기 위해 달아났다. 무슨 말인가 해야 할 것 같았다. 예상치 못하게 일찍 일어서는 바람에 말문이 막혀 있었다. 잠시 서성이는 사이 그는 십 미터쯤 멀어져가고 있었다. 오늘 저녁에는 꼭 오라고 그의 뒤통수에 대고 소리를 쳤지만 대답하지 않았다. 나를 진심으로 위한 사람들은 그 남자를 떠나라고 했다. 구걸한 돈을 바칠 만큼 그 사람은 나를 위하지 않는다는 거였다. 그가 내 옆에 머무는 것은 구걸한 돈이 필요해서라고 입꼬리가 하얗게 될 때까지 나를 설득했다. 그를 떠나서 어디로 가라는 것인지 나는 알 수 없었다. 그들의 말에 동의했고 떠나볼까 생각해 보았지만 걷다 보면 남편과 만나곤 했던 공중화장실 앞이었다. 내일은 떠나야지 그 내일이 되면 정말 내일은 떠나야지 하면서 이년이 지났다. 오래전 어머니가 그랬다. 언제인지 정확하게는 모르지만 어머니가 떠나려고 한다는 것을 느꼈다. 그런 느낌은 말로 하지 않아도 그냥 전달되는 것일지도 모른다. 어머니는 매일 떠나려다 집으로 돌아와 후회하고 다시 떠나려고 했다가 집으로 돌아와 후회하는 거였다. 어머니가 밤늦게 자고 있는 내 옆에 미끄러지듯 누울 때마다 안도의 숨을 쉬곤 했다. 마음 놓고 잠을 잤지만 아침이면 다시 어머니가 떠나버릴지도 모를 하루를 마지못해 시작하곤 했다. 아침은 왜 그렇게 빨리 찾아오는지 몰랐다. 세상에 있는 시계를 모두 정지시켜 버리고 싶었다.

시장 입구에서 십 원만 주세요,라고 외치면 사람들은 장을 보다 남은 백 원짜리 동전이나 오백 원짜리 동전을 포대 속에 넣어 주었다. 그렇게 소리치고 나면 머릿속이 텅 빈 느낌이 들었다. 뱃속도 허전하고 무엇인가 몽땅 털려버린 느낌이었다. 포대 속 돈이 늘어갈수록 영혼은 점점 좁아드는 기분이었다. 돈이 모이는 대로 그는 가져갔다. 아니,

돈이 모이는 대로 그에게 주었다. 나는 거의 매일 영혼을
털리고 돈마저 털어내며 살았다. 이게 지금 내 삶이다.

 그가 가버린 다음 한 차례 더 십 원만 주세요를 외쳤다.
구걸하는 것은 부당한 짓일까 생각해 보았다. 수치심을
가려버린 것이 무엇이었을까. 사지육신 멀쩡하면서 구걸
한다고 비난하는 사람들도 있었다. 그럴 때는 정말 죽어
버리고 싶다는 생각이 들었다. 그런데 이제는 한 푼도 주
지 않으면서 비난만 두어 바가지 퍼붓고 등을 돌리는 것
이 아무렇지도 않다. 그런 말을 들어도 멀쩡한 사지육신
으로 무엇을 어떻게 할지 막연하기만 했다. 말은 그렇게
하지만 이렇게 생긴 나를 자기 집 가사도우미로 써 달라
면 싫다고 할 것이 빤한 사람들 말이었다. 수치심을 무릅
쓰고 십 원만 주세요 외치는 것은 쉬운 일이라고 생각할
까. 십 원만 주세요 외치면서 허공에 시선을 허허로이 날
리곤 했다. 지나가는 누군가와 눈이 마주치지 않게 시선
을 굴리며 외쳐댔다. 누군가와 눈이 마주치면 내가 그렇
게 돈을 구걸해서 남편에게 모두 바친다는 것을 들킬 것
만 같았다. 내가 구걸한 돈은 내가 사용해야 한다고 생각
하는 것은 무슨 이유일까. 기꺼이 그에게 돈을 주면서 마
음 깊은 곳에 내 곁에서 떠날지도 모른다고 생각했다. 그

를 떠나고 싶으면서도 떠나지 못하고 있다는 것을 그는 알고 있을 것이다. 그런데도 돈을 가져가는 것은 내가 떠나지 못할 것이라고 믿기 때문일 것이다. 나도 그가 돈이 필요한 이상 나를 떠나지 못함을 알고 있다. 이런 몹쓸 관계를 유지하고 있는 내가 이해되지 않았다. 그렇지만 그가 없는 삶은 도무지 상상이 되지 않았다. 길을 걸으면서 생각했다. 그 많은 인간들 가운데 꼭 그 사람이어야 하는 이유가 무엇일까. 길들여졌기 때문일까. 그의 세계에 발을 디디고 살아오면서 내 세계를 상실해 버렸을까. 많은 사람들이 이별을 하면 슬퍼하는 이유가 그런 이유 때문이었을까? 그래도 이별을 주도하는 사람이 있으니까 이별이 성립되는 것이지 않은가. 그가 이별을 주도하지 않은 이유는 명백한데 내가 이별을 주도하지 않을 이유가 없다. 나는 왜 그를 떠나지 못하는 것일까. 왜 꼭 그 사람이어야 하는 것인지. 마음이 그렇다. 마음이 그의 세계에 미쳐 나를 찾지 못하게 되었다.

삼십 대 때 나는 꽤 잘 살았다. 지금 구걸하러 다니는 시장에서 그와 장사를 했었다. 그때부터 알고 지내는 사람들이 아직도 가게를 하고 있기도 했다. 처음 구걸하는 것이 낯 뜨거울 때 그들은 왜 이렇게 되었냐고 마음 아파하기도 했다. 옷 가게를 하면서 그와 나는 어렵지 않은 생활을 했다. 그는 늘 가게에 같이 있으면서 내가 점심 식사나 화장실 갈 때는 제구실을 해주었다. 그러던 남편이 교통사고가 났다. 뺑소니 사고였다. 병원에 입원해 치료를 받다 퇴원을 해 집에 들어앉더니 가게와 담을 쌓았다. 엄밀하게 말하면 나와 담을 쌓겠다는 표현이었을 것이다. 그는 거동이 어려운 것도 아니었지만 방에 틀어박혀 나올 생각을 하지 않았다. 그와 살림을 시작하면서 가장 신경 쓴 것이 피임이었다. 나는 무슨 일이 있어도 아이를 낳지 않을 생각이었다. 그것은 어머니의 마지막 모습을 보는 순간 떠오른 것이었는데 성장하면서 그 생각도 같이 성장해 있었던 것이다.

  그날 어머니는 다른 날보다 일찍 일어나 밥을 챙겨주었다. 머리를 빗겨 주는데 내가 가만있지 못하고 머리를 쉴 새 없이 움직였다. 왜 이렇게 가만있질 못하니? 어머니는 느닷없이 화를 내며 두 갈래로 머리를 묶어 주려다 뒤통수에 질끈 묶어 주고는 가라고 했다. 무슨 심보였는지 나도 질세라 양 갈래 머리를 해달라고 떼를 썼다. 또 움직이면 뒤통수에 묶어 버린다는 약속을 하고 어머니가 머리 손질을 해주었다. 양쪽으로 나눠서 잔머리가 나오지 않게 땋았다. 어머니가 머리통에 꿀밤 준 것도 잊어버리고 훨훨 날아가는 느낌으로 학교에 갔다. 친구들에게 말은 하지 않았지만 머리를 들이밀어 내 머리를 보도록 했다. 어머니가 머리 손질해 준 것을 자랑하고 싶었지만 다른 아이들은 늘 어머니의 손길을 받고 있었기 때문에 그다지 큰 놀라움이라거나 자랑거리가 아니었다. 친구들 반응이 시큰둥해서 김이 샜지만 그날 하루 종일 기분이 좋았다. 학교가 끝나 아주 천천히 걸어서 갔다. 빨리 가보아야 집에서 나를 기다려주는 사람이 없었기 때문이었다. 돌멩이를 발로 차거나 남의 집 담벼락에 손을 대고 만져 보면서 시간을 끌며 집에 갔다. 집은 늘 조용했다. 정적이 몸에 밴 탓에 무서움도 없었다. 그런데 마당에 들어섰을 때 섬뜩함을 느꼈다. 그 섬뜩함은 오싹하면서 머릿속이 바짝 긴장되었다. 때문에 신을 바로 벗지 못하고 한참 서 있었다. 무엇인가 좋지 않은 일이 벌어질 것 같은 느낌이었다. 방문을 벌컥 열었다. 거기에 엄마 옷을 입은 사람의 발이 둥둥 떠 있었다.

기겁을 하고 울면서 거리로 뛰쳐나갔다. 모든 일이 마무리되어 어머니의 장례를 마치고 나는 예전의 생활로 돌아가야 했다. 어머니가 없는 험난한 삶을 사는 동안 나는 끊임없이 아기를 낳으면 안 된다고 땀구멍 속까지 새기고 있었다.

결혼한 지 얼마 지나지 않아 피임에 실패해 아기를 가졌던 적이 있다. 음식을 보면 비위가 상했고 구역질까지 했다. 입덧을 하는 거였다. 체한 것처럼 병원에 가겠다고 했다. 남편에게 가게를 맡기고 산부인과에서 중절수술을 받았다. 중절수술을 한 다음 그다지 기분이 좋지 않았다. 잠시라도 아기를 품었던 느낌이 쉬 사라지지 않았다. 죄책감도 들었고 내 스스로 없앴으면서 상길감도 들었다. 그의 의심을 받지 않고 잘 넘어갔지만 몇 해 뒤에 또 피임에 실패했다. 첫 번째 아이를 지우고 나서 산부인과가 아닌 곳에서도 중절수술을 한다는 것을 알았다. 한 번 해보니 그렇게 복잡한 수술이 아니라는 생각을 했다. 그래서 은밀하게 수술을 받고 다시는 피임에 실패하지 않겠다는 다짐을 했다. 그런데 수술을 하고 나서 여간 개운하지 않았다. 수술 후 입덧이 거짓말처럼 사라졌던 첫 번째와는 다르게 계속 입덧하는 느낌이 남아 있었다. 아무 음식이나 먹을 수 없었으며 먹고 싶은 음식만 먹었고 식사 뒤에는 느끼한 것이 불편하기 짝이 없었다. 결국 수술한 지 일주일이 지나 하혈을 했다. 바지를 흥건하게 적시는 피를 가리기 위해 치마를 두르고 병원으로 갔다. 며칠 전 수술하면서 자궁에 이물질이 남아 있어 하혈했다는 것을 남편도 알게 되었다.

남편은 말을 하지 않았다. 그저 먼 산만 바라보았다. 나도 남편 옆에 앉아 그가 바라보는 산을 바라보았다. 무슨 말이라도 했으면 좋겠는데 남편은 입을 다물고 하늘을 바라보는 것인지 먼 산을 바라보는 것인지 공간 위를 떠다니는 것처럼 보였다. 그의 생각을 헤아릴 수 없었다. 그의 생각에 접근 할 수 있다면 나는 어린 시절 어머니 이야기를 들려주고 싶었다. 그는 마음을 굳게 닫고 내가 접근하는 것을 막았다. 그는 생각을 가지고 먼 곳으로 탈출해 버렸다. 세월이 지나도 그는 꼭 필요한 몇 마디 외에는 말을 하지 않았다. 내 옆에는 말하지 않는 껍데기 남편이 먹거나 자거나 가게 일을 할 뿐이었다. 그러더니 자동차 사고 이후 그는 가게 일마저 손을 놓아 버렸다.

　그의 마음을 되돌리고 싶었지만 어려웠다. 아이를 낳게 되면 해결될 것 같았지만 그럴 수 없었다. 그는 충격을 안고 뚜벅뚜벅 앞으로 걸어가기만 했다. 뒤에서 따라가는 나를 신경 쓰지 않고 앞만 보고 가고 있었다. 엉거주춤 뒤를 따라가지만 그의 마음을 선택하지는 않았다. 내 마음 속에는 여전히 아이를 낳고 싶지 않은 또 하나의 내가 버티고 있었다. 아이가 있다는 것은 마음대로 죽어서는 안 되는 거였다. 아이가 있으면 마음대로 떠나서도 안 되었다. 아이가 있으면 떠날 마음을 가져도 안 되는 거였다.

가끔 혼자 술을 마시면서 벌 받고 있다는 생각을 했다. 벌을 받더라도 어쩔 수 없는 거였다. 벌 받는 것을 슬퍼하면서도 결국 아이만은 안 되는 것으로 마음을 굳혔다. 두 번째 수술 이후 피임을 하지 않는데도 아이가 생기지 않았다. 벌 받은 거야, 벌 받고도 남지. 혼자 술을 마시면서 벌 받은 나를 향해 비웃고, 비난의 술을 위장에 퍼부었다. 그러면서도 마음 한구석에서는 차라리 잘 된 것이라고 기뻐했고 환호했다.

나는 늘 남편을 향해 서 있었다. 그를 바라보며 눈부셔했고, 가슴 벅찬 마음을 가졌고, 마음을 그의 세계에 모조리 가둬버렸다. 그가 돈이 필요하다면 어떤 짓을 해서라도 마련해 주었다. 처음에는 신용대출을 받았다. 돌려막기를 했지만 결국 카드 결제를 못했다. 집을 담보로 대출을 받아 신용대출 했던 돈을 갚고 나머지를 그에게 주었다. 그는 돈이 더 필요했다. 가게를 담보로 대출을 받고 이자를 갚아가고 있었지만 그는 돈을 남겨두지 않고 다 써갔다. 새로운 물건을 해 올 수 없어서 가게에 팔 물건도 없었다. 결국 파산했다. 집도 없고 가게도 없고 그와 거리에 남았다. 때로는 아이를 죽음으로 몰아버린 내 탓이라고도 생각했지만 그렇다고 거지로 만들어버려야만 하는지 울화가 치밀 때도 있었다. 그가 미친 듯이 가산을 탕진한 것이 경마였다. 그는 알거지가 되어 길거리에서 잠을 자면서도 경마를 했다. 누군가의 짐을 옮겨주고 받은 돈으로, 또는 밥이라도 사 먹으라고 건네준 돈을 경마장에서 탕진하고 빈손으로 나타나곤 했다.

사람들은 그를 미친놈이라고 했다. 경마에 미친 것은 사실이었다. 하루라도 빨리 그 미친놈에게서 벗어나 새로운 삶을 살아야 한다고 충고를 했다. 그에게서 벗어나는 것은 어려운 일이었다. 새로운 삶을 사는 것보다 더 어려운 일이 그를 떠나는 것이었다. 입만 벌리면 충고를 하려는 사람들이 싫었다. 지긋지긋한 충고, 말처럼 인생이 쉽다면 내가 길에서 잠을 자야 할 일이 벌어지지 않았을 것이다. 그들은 쉬운 말을 했고 나는 어려운 인생을 살고 있었다. 그래서 이 년 동안 길에서 살면서 이십 년 늙어 버렸다. 지금 오십인데 사람들은 칠십이라고 했다. 화장실 거울에 비친 나를 보면 정말 칠십 먹은 할머니 같았다. 오십으로 보인다 한들 딱히 써먹을 것도 없었다. 차라리 이십 년 겉늙고 보니 구걸하기는 좋았다. 사지육신 멀쩡한 젊은 것이 일하지 않고 빌어먹고 있다는 말을 듣지 않아 좋았다.

겉늙은 내가, 이십 년은 늙어 보이는 얼굴로 봄을 보내고 있었다. 뱃속에 아무리 구겨 넣어도 사계절 옷을 넣을 수 없어 큼직한 점퍼를 걸치고 있었다. 낮에 우연히 그를 만났다. 별나게 반가운 것처럼 남의 집 처마 밑에 마주 앉았다. 그가 무엇인가를 내밀었다. 치약 다섯 개, 나는 미친 듯이 소리를 질렀다. 그렇지 않아도 무거워 죽겠는데 치약을 다섯 개씩이나 사오면 어떻게 하냐고 그 말만 녹음된 테이프 돌리듯 반복해서 소리쳤다. 창자 끝에서부터 힘을 모아 소리를 내질렀다. 전달하려는 말의 뜻보다 소리 지르는 것이 강조되는, 어리석은 짓인 줄 알면서도 그동안 쌓였던 다른 말들까지 합해 그를 다그쳤다. 그는 몇 번 무슨 말인가 하려다 슬금슬금 뒷걸음질 하더니 곧장 줄행랑을 쳤다. 돈을 받아가려고 했던 것마저 잊어버리고 가버렸다. 치약 다섯 개를 배 안에 집어넣고 다시 걸었다. 가뜩이나 무거운데 한 개만 있어도 될 치약을 다섯 개나 사오다니. 뱃속에 넣어가지고 다니는 것 뻔히 알면서 이런 멍청한 짓을 하다니. 그가 보이지 않는 곳을 바라보면서 마치 그가 아직 있는 것처럼 조금은 낮아진 목소리로 비난을 퍼부었다.

길에서 살면 겨울도 힘들지만 여름도 몹시 힘들었다.

몸은 땀으로 늘 끈적였고 벌레들이 주변에서 맴돌았다. 공중화장실에서 머리를 감고 세수를 하지만 얼마 지나지 않아 금방 축축하게 젖었다. 내 몸은 땀에 쩐 냄새와 궁핍한 냄새까지 뒤섞여 고개를 돌릴 때마다 미묘한 냄새가 역하게 났다. 땀 냄새, 쉰 냄새, 무언가 쩐 냄새 숨을 쉴 때마다 그 많은 냄새가 폐를 관통해 몸속으로 다시 스며들었다. 동전을 포대에 넣어 주는 사람들이 얼굴을 찌푸리곤 했다. 얼굴을 찌푸리면서 고개를 돌리고 코를 쥐는 모습을 볼 때마다 내 몸에서 훅 끼쳐오는 냄새를 감별하느라 코를 벌름거렸다. 실은 여름이 되기 전부터 고약한 냄새에 시달리고 있었다. 잠을 자면서 그에게 냄새가 나지 않느냐고 물으면 아스팔트 냄새가 난다느니 엉뚱한 대답만 들었다. 나를 따라다니는 냄새가 항상 느껴지는 것은 아니었다. 마음이 불편하면 냄새는 더 심하게 괴롭혔다.

비가 내렸다. 비가 내리기 전 후텁지근하더니 온 몸이 눅눅한 습기보다 더 쳐져 포대자루 휘날리며 십 원만 달라고 소리치는 것이 힘들었다. 어제 땡볕 속에서 모은 돈을 몽땅 그에게 줘버려 열심히 구걸을 하고 있는데 날씨가 도무지 도와주지 않았다. 이럴 때 비 맞지 않는 방에서 몸을 제대로 쭉 펴고 몇 시간만 누워있을 수 있다면.

비가 얼굴을 타고 몸속으로 스믈스믈 내려왔다. 가뜩이나 냄새나는 몸에 빗물이 숨어있던 냄새들을 살아나게 했다. 비를 맞으며 포대를 들고 서 있는 모습을 보고 지나가던 사람들이 동전 몇 개를 포대 속에 넣어줬다. 몸이라도 씻을 수 있다면, 구걸하는 것보다 씻고 싶은 욕구가 더 컸다. 포대 속에 돈은 얼마 되지 않았다.

그가 나타나지 않은 첫날 화장실에서 잠을 자려는데 모기가 몰려들어 잠을 설치고 말았다. 아침이지만 그늘을 찾아 잠을 자야 구걸을 할 수 있을 것 같았다. 화장실에서 씻고 밖으로 나와 시장 안으로 걸어가는데 식당 여자가 옷을 내밀었다. 갈아입으라고 주는 거였다. 그가 아침을 먹는 식당 주인이었다. 어젯밤 오지 않았어요. 나는 풀죽은 목소리로 고맙다는 말을 하고 다시 걸었다. 그는 내가 없어도 괜찮은 것 같은데 나는 왜 이 모양인지. 이별도 연습을 하면 쉽게 할 수 있을까. 지금 이건 이별 연습일까. 마음이 울적했지만 거지가 튀어봐야 어딜 가겠어, 돈 떨어지면 나타나겠지 하는 다른 마음도 생겼다. 돈 생각을 하면 무언지 모를 것이 목까지 차오르곤 했다. 요즘 들어 돈을 주면서 기분이 썩 좋지 않았다. 이제 그만 좀 하고 정신 차리라는 말을 따끔하게 해줘야 할 것 같기도 했다. 사행성 유흥비 조달이라니. 나부터 정신을 차려야지. 그에게 돈을 주지 않으면 떠날까. 그래도 이제 그런 짓은 끝낼 때가 되지 않았을까. 밤에 나타나지 않은 그에 대한 원망과 괘씸함이 섞여 여러 가지 생각들을 했지만 여전히 결론은 내리지 못했다.

이틀째 그가 나타나지 않았다. 돈을 솜 땄을까. 그래서 혼자 쓰고 다니느라 나타나지 않는 걸까. 그동안 경마비용 대주느라 얼마나 많은 날 십 원만 달라고 소리쳤는데 돈이 생기면 제일 먼저 달려와서 몸이라도 시원하게 씻을 수 있게 해줘야지. 그를 원망하는 마음이 하루 종일 사건에서 사건을 이어 만들며 상상 속을 헤맸다. 그 가운데 재산 탕진한 것이 가장 억울했다. 어쩌자고 집까지 날려버렸는지 후회되었다. 그뿐이 아니었다. 내 얼굴, 내 얼굴은 어떻게 할까. 나는 오십 대다. 그런데 사람들은 칠십대라고 했다. 거울 속에는 쭈글쭈글한 할머니가 나를 들여다보고 있다. 집만 있었어도 내 얼굴이 이 모양은 아니었을 텐데. 구걸할 때 늙은 얼굴이 좋긴 하지만 여자인 나는 내 얼굴이 정말 싫었다. 그가 돈을 다 쓰고 빈털터리로 나타나 또다시 돈을 달라고 손을 내밀 것이라고 생각하니 미칠 것만 같아 머리를 마구 흔들었다. 대책을 세워야 해. 대책을 생각하다 침을 뱉었다. 입이 바싹 말라

침이 잘 나오지 않았다. 물도 마시고 몸도 씻고 살아야지 뭘 하고 있는 것인지 나를 책망했다. 목욕을 하고 맛있는 밥을 사먹으면 좋겠다. 순간 머릿속에 그동안 잊어버리고 있었던 생각이 떠올랐다. 목욕탕으로 갔다. 목욕탕 주인인지 돈을 받는 여자가 기겁을 하고 들어가면 안 된다고 했다. 다른 손님을 놓친다면서 너무나도 냉정하게 쫓아냈다. 돈을 내고 들어가겠다, 갈아입을 옷도 있다. 통사정을 했지만 목욕탕에 들어가지 못했다. 미칠 것만 같았다. 나는 어느새 이렇게 되어버렸다. 돈이 있으면 다 되었던 세상에서 나는 밀려나 있었다. 내 손에 쥐어진 돈은 더 많은 돈을 위해 포기해도 되는 돈이었다. 편의점에 들어가 삼각 김밥과 물을 사서 걷기 시작했다. 사람들이 없는 곳 개울에서 대충 씻어 악취를 없애면 목욕탕에 갈 수 있을 것 같았다. 걷다 지쳐서 삼각 김밥을 먹고 다시 걸었지만 목욕을 할 만한 개울을 찾기는 어려웠다. 결국 개울을 못 찾아 다시 시장으로 돌아왔을 때는 밤이 깊어 고요했다. 무겁게 발을 끄는 소리를 내며 공중화장실에 갔다. 불길한 느낌이 들었다. 오래전 어머니가 천정에 매달려 공중에 둥둥 떠 있을 때처럼 이상하고 섬뜩한 느낌이었다. 섬뜩함에서 벗어나기 위해 소리쳤다.

"야아! 야."

화장실은 마치 깊은 굴속처럼 웅웅거리며 겁을 주었다. 그는 나타나지 않았다. 어쩌면 영영 못 볼지 모른다는 느낌이 목덜미를 서늘하게 했다. 섬뜩함이 싫어 화장실 앞에 오래도록 앉아 있었다.

길을 걸었다. 쌀 포대를 들고 십 원만 달라는 소리를 치고 싶지 않았다. 걸으면서 슬픔이 목까지 차오르는 것을 꿀꺽 삼켰다. 슬픔을 억지로 꾹꾹 눌러 고개를 들었다. 어느새 꽃이 피어있는 언덕이 나왔다. 꽃들이 웃고 있어, 아니, 웃고 있는 듯하지만 실제로는 슬퍼하고 있군, 저 봐. 바람이 지나니까 몸을 흔들잖아. 저건 슬퍼하는 거지. 하늘도 그래. 잿빛이야. 모두 우울해. 노랑 슬픔, 하얀 슬픔, 분홍 슬픔. 내 슬픔은 어떤 색일까. 내 슬픔을 저 들판에 그리면 어떤 빛깔로 어떤 형태로 나타날까. 두서없이 생각들을 이어가며 언덕을 지났다. 언덕을 지나며 내일도 그가 나타나지 않으면 경찰서에 가서 찾아 달라고 부탁해야겠다고 생각했다.

삼 일째 그가 나타나지 않아서 경찰서에 갔다. 남편이 삼 일째 나타나지 않는다고. 그들은 내가 노숙자라는 것을 알고 있다. 노숙자가 이쪽 길에 나타나지 않으면 저쪽 길에 있겠지. 경찰관이 그 말을 하지는 않았을 것이다. 그렇지만 그 말이 들려왔다. 나는 그 사람이 없으면 살 수 없어요. 지금 살고 있으면서 그래. 누군가 내 머릿속에 대답을 했다. 바람이었나? 전화가 없어서 어디 아파 병원에 갔어도 연락할 수 없어요. 내가 알아야 병수발이라도 하잖아요. 경찰은 알아봐 주겠다고 했지만 빨리 알아봐 줄 것 같지 않았다. 경찰서에 실종신고를 하면서 그가 스스로 잠적했을 거라고 조금씩 인식하고 있는 나를 발견했다. 그는 나를 떠나기로 했어. 그렇지만 저녁에는 여전히 화장실 앞에서 '야' 하고 열 번 이상을 소리쳤다.

사 일째 그가 나타나지 않았다. 길을 걸으며 생각했다. 왜 떠났을까? 떠나려면 내가 떠났어야지. 내가 떠나지 않기 때문에 떠난 걸까? 그런데 내 몸은 왜 점점 더 무거워질까. 더 이상 배를 부르게 하지 않았는데 무게감은 평소보다 더 했다. 잠시 길에 앉아 머리를 숙이고 또 생각했다. 얼마나 더 추락할까, 추락의 끝은 있을까, 끝없이 추락만 하다 끝날 것인가. 끝난다는 것은 무슨 의미일까. 죽음일까. 어머니처럼 죽게 되면 이 추락이 멈추는 것일까. 어머니 생각은 좋지 않은 일이 있을 때마다 연상되곤 했다. 어머니는 지금의 나보다 더 무거웠던 것일까? 죽어버릴 만큼 무거운 짐을 지고 있었던 걸까? 어머니에게 묻고 싶은 것이 많지만 대답을 들을 수 없기 때문에 더욱 자주 떠올리는 것일지도 몰랐다. 길을 걸으면서 걸어야 할 길이 어디까지인지 모르는 것처럼 추락의 깊이도 알 수 없었다. 어머니가 왜 내 곁을 떠났는지 늘 의문이었다. 떠나도 하필 그런 방법이었어야 했는지. 중학교에 다닐 무렵부터 어머니가 가출을 했다면 좋았겠다고 생각했다. 가출했으면 그래도 어느 하늘 아래 걷다 우연히 만날 수 있으리라는 희망이 있으니까. 그토록 충격적이고 완벽한 방법으로 내 곁을 떠날지는 몰랐다. 희망이 없으니 걷고 또 걸어도 내 발은 어둠 속에 담겨 있었다. 빠져나가려고 발버둥 쳐봐도 어둠은 내 발을 놓아주지 않았다. 평소보다 더한 무게감을 견디며 다시 걸었다. 자동차가 몇 대 지나가고, 버스가 나를 추월해 갔다. 마치 매연처럼. 추월해 가는 자동차들의 꽁무니에 잠깐 스치는 무엇이 되었다가 이내 분리되는 내 존재를 느꼈다. 길은 메말랐고 너무 메말라서 그 자리에 누우면 미라가 될 것 같았다. 먼지가 푸석대며 미세먼지와 만나 조우하고 있었다. 그 길을 나는 먼지처럼 걸었다. 미세먼지처럼 퍼져가고 위태로워지고 있었다.

주저앉으면 안 된다는 이유는 몰랐지만 주저앉기 싫었다. 가벼우면 추락이 덜 힘들지도 몰라. 갑자기 떠오른 생각이었다. 그의 옷을 품속에서 꺼내 언덕을 향해 던졌다. 그래도 무거웠다. 아, 이런 나쁜 놈. 물건을 집어 던지는 것을 멈추고 그 자리에 앉아 울기 시작했다. 타인의 삶을 제멋대로 이용하면서 살아도 된다고 누가 그랬을까? 그럴 권리는 누가 주는 것일까? 하필 내 인생을 이렇게 망가뜨리고 추락시켜도 되는 건지, 만나면 죽여 버리고 말 거라는 생각을 하면서 일어섰다. 저녁놀이 주황색 치장을 하고 밤을 준비하고 있었다. 습관대로 시장에 있는 화장실을 향해 다시 걸었다.

길을 걸었다. 그는 오 일째 나타나지 않았다. 이른 더위라서 저녁놀과 함께 살랑거리는 바람이 얼굴을 스쳤다. 걷기에는 더웠지만 대낮보다는 걸을 만했고 내일은 목욕탕에 다시 가봐야겠다고 생각했다. 어느새 그가 없는 생활이 익숙해지고 있다는 느낌이 들었다. 산다는 것은 무엇인가 끊임없이 잊어버리면서 사는 것일까. 그렇지만 그를 찾아야 한다는 생각은 강했다. 경찰서에 가보았지만 답답하기만 했다. 이제 뱃속에 집어넣고 다니던 짐이 없어서 걷는 것이 훨씬 빨랐다. 낮에는 사람들이 아기를 낳았는지 묻곤 했다. 몸조리를 해야 하는데 이러고 있으면 어떡하냐고 혀를 끌끌 차고 지나가는 아주머니들도 있었다. 아니 그러면 아기는 어쨌을 거라고 생각하지. 사람들은 자기가 생각하고 싶은 대로 남의 인생을 불행하게 만드는 재주가 있었다. 그 생각이 앞과 뒤가 맞든 맞지 않든 상관없었다.

남편은 육 일째 나타나지 않았고 나는 경찰서에 갔다. 경찰은 그렇지 않아도 나를 만나고 싶었다고 했다. 연고가 없는 시신을 발견했는데 겉모습이 그와 비슷하다고 했다. 확인을 하자는 거였다. 며칠 전 섬뜩한 것이 그거였나. 경찰은 당장 가보았으면 좋겠는데 막 출장을 가려던 중이었다고 했다. 출장 다녀올 때까지 경찰서에서 좀 기다려 달라며 바쁘게 뛰어가 버렸다.

경찰서에서 한 시간을 기다리다 너무 지루해 밖으로 나왔다. 땟물이 절은 보도블록에 걸터앉아 멍한 눈으로 시간을 보냈다. 내가 만들어 놓은 세계에 발을 디딘 그는 힘들었나. 나만 그의 세계에 발이 묶인 줄 알았는데 어쩌면 그는 내 세계에 들어와 감당하지 못하고 방황만 했을지 모른다는 생각을 했다. 그에게 어머니 이야기를 하지 않았다. 한 세계를 스스로 끝장낸 일을 말하는 것이 두려웠다. 어머니로부터 물려받은 암울한 기운 때문에 나마저 버림받게 될지도 모른다는 생각을 늘 품고 살아왔었다.

그래서 말하지 않은 것이 지금까지 비밀이 되어버렸다. 그런 일들을 알았다면 그는 내가 아이를 낳지 않으려는 행동을 이해할까. 그것은 또 다른 이야기라고 그는 말할 까.

생각들을 정리하기 위해 다시 또 걸었다. 길을 걸으며 생각을 정리하기는커녕 더 복잡해지고 어지러워져 한없이 걸었다. 밤이 되도록 걷다 버스 정류장에서 잠을 잤다. 동이 트기 전 으스스 몸이 떨려 잠에서 깼다. 땅 위 여기저기서 살아있는 것들이 아침을 맞이하기 위해 미세하게 움직이는 것이 느껴졌다. 길거리에서 잠을 잤지만 눈을 뜨자마자 자연을 바라보는 것은 처음이었다. 몸은 의외로 가벼웠다. 자연에 더욱 밀착해보려고 느릿느릿 걸었다. 어둠이 서서히 걷히자 논에 꽃이 핀 것처럼 보였다. 벼꽃이 벌써 피었나? 벼를 자세히 들여다보았다. 벼 잎에 수많은 물방울들이 앉아 있었다. 벼는 밤새 물방울을 데려다 제 몸 위에 매달고 있었다니. 맑고 작은 물방울에서 빛이 났다. 세상에 이렇게 아름다울 수가. 이렇게 아름다운 세상을 모르고 살아갈 뻔했다니. 세상은 정말 아름다운데 나는 그에게 아름답지 못한 것만 안겨주었다는 생각이 불쑥 떠올랐다. 미안해. 나는 마치 벼가 그인 것처럼 속삭였다. 미안해. 미안한 마음을 외며 다시 길을 걷고 있다. 벼 잎사귀에 매달린 아름다운 물방울의 향연을 보면서 걷는다.

경찰서에 갈 것이다.

향기

나는 믿어지지 않았다. 내 몸에서 한 생명이 태어났다는 것이. 배가 불렀을 때도 실감 나지 않았다. 배가 부른 상태로 시간이 멈추면 어떻게 될까 걱정도 되었다. 향기를 처음 본 순간 당황했다. 향기는 2.1kg으로 태어났다. 다른 아이들이 보통 3kg 이상이라는데, 향기가 작게 태어난 것이 내 탓인 것만 같았다. 향기는 다행히 인큐베이터에는 들어가지 않았다. 작지만 신체적 기능은 모두 정상이라고 했다. 나는 아기가 태어나면 누구를 닮았는지 금방 알 수 있을지 궁금했다. 향기는 무호의 얼굴을 꼭 닮았다. 더더구나 코는 아예 판박이였다.

향기는 힘들었을 거다. 나는 배가 불러서도 임신이 아닐 거라고 생각했다.

생리가 불규칙했기 때문에 생리가 몇 달 없어도 의심하지 않았다. 밥을 많이 먹어서 배가 부른 것 같아 식사량을 줄였다. 밥을 적게 먹는 것은 어려운 일이었다. 밥은 적게 먹었지만 군것질을 많이 했다. 뱃속에서 아기가 움직이면서 임신을 확신했다. 임신이 아니기를 바라는 마음과 다르게 아기는 점점 크고 있었다. 나는 어쩔 수 없이 배를 복대로 칭칭 감고 학교에 다녔다. 배가 불러오자 더 이상 집에 있을 수 없었다. 아빠가 알게 되면 내가 맞아 죽을지도 몰랐다.

상의할 만한 사람이 없었다. 엄마라도 있다면 의논이라도 할 수 있을 것 같은데, 6년 전 집을 나간 엄마는 연락이 되지 않았다.

인터넷을 검색해 미혼모 시설을 찾았다. 겨울방학을 하면서 미혼모 시설에 갔다. 복대를 하지 않아도 되어서 편했다. 몸이 편해지면서 마음은 더욱 불편해졌다. 내가 엄마가 된다는 것이 무서웠고, 어떻게 할 것인지 막연하기만 했다. 시설에서는 아기를 입양 보내라는 권유를 했다. 미혼모로 아이를 혼자 키우기는 어렵다고 했다. 부모님이 도와주거나 아기 아빠가 생활비를 주지 않는 한 혼자 아기를 키울 수 없다고 했다. 시설에는 나 말고도 여러 명의 임산부가 있었다. 그들은 마치 입양이 최선이라는 듯 이야기했다. 내 아이가 미국, 프랑스, 덴마크, 스웨덴 같이 먼 나라로 보내져 그들과 다른 외모 때문에 차별받고 살아갈 것 같아 싫었다. 내가 키우는 것은 암담하기만 했다. 어디서 뭘 먹고 살면서 향기를 키워야 하는지 너무 막연했다. 입양을 보낼 수도 내가 키울 수도 없는 마치 높은 벽 앞에 서 있는 느낌이었다.

겨울방학을 며칠 앞두고 있을 때 옆 반 아이가 이야기를 하자고 했다.

"너 임신했지?"

그 애는 다 알고 있다는 듯 물었다. 심장이 거세게 뛰었다. 무서웠다. 이 아이는 무얼 원하는 걸까. 머릿속에 여러 가지 생각이 스쳐 지나갔다.

"야, 쫄지 마. 너 협박하려는 게 아니야."

뭘 어떡하려는 것인지 알 수 없는 나는 잔뜩 긴장한 모습으로 땅만 내려다 보았다.

"사람들이 늦었다고 수술 못 한다고 하지만 사실은 수술 할 수 있어."

"뭐?"

나는 더욱 움츠러드는 기분이었다.

"자궁 문을 억지로 열어서 애를 낳는 거야. 애는 미숙아라 얼마 살지 못해."

나는 온몸이 떨렸다.

"네, 네가 해 봤어?"

몸을 떨면서 묻자 그 애는 눈을 내리깔며 고개를 끄덕였다.

"그 병원 알려줄까?"

나는 말을 잃어버린 사람처럼 그냥 멍한 눈으로 그 애를 바라보고 있었다.

"결심이 서면 오 반으로 찾아와."

입꼬리 한쪽으로 희미하게 웃으며 그 애가 교실로 향했다.

"근데, 배 엄청 아파."

그 애는 교실 문을 열고 뒤돌아보며 소리쳤다.

시설에서 향기를 출산했다. 공주님이라며 다들 축하를 해줬지만, 마음은 슬펐다. 배를 만져 보았다. 크고 딴딴하던 배가 홀쭉해져, 배에 힘을 주지 못해 서 있기가 힘들었다. 소변을 볼 때도 일어설 힘이 없어 그냥 앉아 있었다.

'이렇게 엄마가 되어버렸어. 어느 날 갑자기 등 떠밀리듯 엄마가 되었어.'

변기에 앉은 무기력한 내 모습에 눈물이 나왔다. 무호는 어디에 있는 걸까. 제 아이가 태어난 것을 알고 있을까.

무호는 이런 현실이 보고 싶지 않았겠지. 임신했다고 말했을 때의 무호가 떠올랐다.

"몰라. 나 아니야."

"뭐라구? 네가 아니면 누구야?"

무호도 나도 믿고 싶지 않았다. 우린 맞닥뜨릴 용기가 없었다.

"안 돼. 낳으면 절대 안 돼."

무호는 창백하게 일그러진 얼굴로 아기는 안 된다고 했다. 나는 무호에게 무엇을 원했던 것일까. 이미 예측하고 있었던 말이었다. 고등학교 삼학년에 아기 아빠, 엄마라니. 나도 고등학교 3학년에 엄마가 되는 것이 무서웠다.

"너무 늦었어요. 그리고 낙태는 불법이에요."

의사는 난감한 표정으로 너무 늦었다고 말했다. 수술 할 시기를 놓쳤다고 했다. 그럼에도 옆 반 아이가 알려주겠다는 병원에 갈 용기를 냈으면 수술을 받을 수도 있었다. 내 마음 속에는 아기를 지키고 싶은 생각도 있었다. 두 개의 마음과 줄다리기를 하는 동안 아기는 점점 커지고 무호는 점점 멀어져갔다.

아이를 수술할 수도 낳을 수도 없는 상태로 시간만 흘렀다. 산부인과에서 초음파를 하면서 의사가 들려준 아기 심장소리가 귓가에 맴돌았다. 아기 심장소리는 내 마음에

강렬한 인상을 주었다. 뱃속에 있는 아기의 심장이 뛴다는 것은 한 사람이라는 의미로 느껴졌다. 힘차게 뛰던 쿵쾅 소리가 수술을 생각할 때마다 더욱 크게 들리는 것 같았다. 나도 모르게 머리를 절래절래 흔들면서 수술은 생각하지 말자고 다짐했다. 나는 무호에게 외면당하고, 배신당한 상태로 뱃속의 아이만 키우고 있었다. 아이를 갖는다는 것이 이렇게 괴로운 건지 믿어지지 않았다. 나는 아이 엄마가 가져야 할 그 어떤 것도 갖지 못했다. 그런 내가 엄마라니…….

엄마가 시설로 나를 찾아왔다. 엄마는 그동안 나를 지켜보고 있었다고 했다. 그러면서도 내 앞에 나타나지 못했던 것은 아빠 때문이라고 했다. 혹시나 아빠가 알게 되어 내가 곤란해질까 봐 멀리서 지켜보기만 했다고 했다. 나는 기껏 미혼모 시설에서 애 엄마가 되어 있는 모습을 보여주게 되어 창피했다. 아무리 엄마지만 창피한 건 창피한 거였다. 한 편으로 엄마가 밉고 원망스러웠다. 좀 더 빨리 엄마가 나타났더라면 이렇게 엄마가 되지 않았을지 모른다는 생각이 들었다. 엄마가 없는 빈자리를 채울 누군가를 그렇게 일찍 만나지도 않았을 거라고 생각했다.
엄마가 없는 집은 지독하게 냉랭했다. 무언가 힘이 빠져

버린 맥없는 공간으로 느껴졌다. 학교가 끝나고 집으로 들어가는 것은 정말 싫었다. 엄마가 항상 그 집에서 나를 기다리고 있으면 좋겠다는 기대를 했다. 기대감은 늘 나를 맥 빠지게 했지만 엄마를 미워하고 원망하면서도 기다렸다. 엄마라면 자식을 버리면 안 되었다. 내가 아빠랑 살고 있어서 엄마가 나타날 수 없었다는 것을 안다. 엄마가 늦게 나타나 내가 애 엄마가 되었다는 것은 억지다. 트집 잡고 싶은 거였다.

아빠는 술에 취하면 기분 내키는 대로 나를 때렸다. 6학년 때부터 엄마가 없는 집에서 아빠의 매를 견뎌야 했다. 엄마가 집을 나간 건 아빠 때문이었다. 아빠한테 엄청나게 맞고 학교에도 못 간 채 며칠 동안 집에서 울며 지냈다. 집에서 무조건 나가고 싶었다. 거리에는 벚꽃이 한창이었다. 바람이 불 때마다 꽃잎이 날렸다. 나는 바람에 날리는 꽃잎을 보며 목적지도 없이 느릿느릿 걸었다.

꽃잎 사이로 무호가 나타났다. 봄바람 때문인지 무호가 반가웠다. 무호는 아빠한테서 풍기는 역겨운 냄새가 나지 않았다. 무호에게 묻어있는 담배 냄새조차 향기로웠다. 무호의 손가락에 밴 담배 냄새를 맡으려고 코를 대고 킁킁거렸다. 꽃잎이 지고 새 잎이 돋아났다. 집에 가기 싫을

때마다 무호를 만났다. 함께 담배를 피우며 거리를 쏘다
녔다. 무호에게선 달달한 냄새가 났다.

나는 아기 태명을 향기로 지었다. 무호에게서 났던 향기
를 잊을 수 없었다. 무호를 만나면 무엇이든 즐거웠다. 무
호의 냄새를 맡으려고 품속에 파고들었던 때가 그립다.

엄마가 아기 이름을 지어주겠다고 했다. 나는 태명인 향
기로 계속 부르고 싶다고 했다. 향기라는 이름을 포기할
수 없었다. 향기를 지우면 무호도 지워질 것 같았다.

엄마가 미혼모 시설로 찾아온 건 내가 출산을 한 뒤였
다. 엄마가 집을 나간 지 7년만이었다. 어쩌면 향기가 엄
마와 나를 다시 이어준 결과가 되었다. 하지만 나는 엄마
를 믿을 수 없었다. 엄마는 언제든 떠나버릴 것 같았다.

엄마는 방학과 함께 내가 보이지 않아서 집안에 틀어박
혔나 생각하며 기다렸다. 졸업식 날은 나타날 줄 알고 학
교 앞에서 기다렸지만 나를 만나지 못해 사고가 났을지도
모른다고 생각했다. 결국 집으로 찾아가 아빠한테 나를
어떻게 했냐고 물어봤다는 것이다. 아빠도 모르는데 가르
쳐 줄 수 없었다. 엄마는 졸업앨범에 나온 친구들을 만나
기 시작했다. 시간이 좀 걸렸지만 엄마는 내가 미혼모 시
설에 간 걸 아는 친구를 찾아냈다.

엄마는 청소 일을 했다. 엄마는 새벽 4시에 일어나 일하러 간다. 엄마가 출근 준비를 할 때면 나는 잠을 자는 척하곤 한다. 엄마가 5시에 밖으로 나가는 발걸음 소리를 들으면 슬프고 화가 났다. 대문 소리가 나면 나도 벌떡 일어나 마당으로 나간다. 방 세 칸짜리 조그만 집은 마당이라고 해봐야 자질구레한 물건들이 차지해서 대문에서 집안으로 출입할 수 있는 통로 역할밖에 못했다. 희붐한 새벽, 나는 마당에 쪼그려 앉아 담배를 피웠다. 담배 연기를 허공에 내뿜으며 생각을 정리해 보려고 했다. 가슴이 터질 것 같았다. 답답한 가슴은 뚫리지 않았고 무엇을 먼저 해야 할지 알 수 없었다.

내 등 뒤에 쓰인 미혼모라는 딱지를 의식하지 않을 수 없다. 밖에 나가는 것이 싫다. 내가 지나가면 사람들이 수군거리는 것 같다. 범죄를 저지른 것도 아니고 아이를 버린 것도 아닌데, 사람들은 내가 몹쓸 짓을 한 것처럼 속닥거렸다. 그런 사람들을 생각할 때마다 나는 나를 고립시키고 있다.

엄마는 향기를 보며 웃는다. 배밀이로 기는 향기를 보며 행복해하는 것 같다. 뭐가 좋아서 그렇게 웃는 것인지, 지금 웃고 행복해할 때인지 속이 터질 것 같다. 엄마가 향기를 보고 웃으면 내 마음은 꼬이기 시작한다. 욕을 퍼부어 버리고 싶었다. 엄마가 향기를 보지 못하도록, 향기를 데리고 나가버리고 싶은 생각도 들었다. 하지만 갈 곳이 없었다.

이렇게 살다 어떻게 되려는 것인지 불안한 마음은, 엄마가 향기를 보고 웃을 때 더 거세게 몰려온다. 절망을 떠안고 믿을 수 없는 엄마와 계속 살아야 한다는 생각이 머릿속을 맴돌아 더욱 미칠 것 같다.

엄마는 틈만 나면 무호에 대해 물었다. 나는 딴전을 피우며 무호 이야기를 피하려고 하지만 엄마는 집요했다.

"도대체 무호를 왜 알려고 그러는 거야?"

나는 신경질을 부렸다.

"무호를 찾아야지."

엄마는 무호를 찾아서 향기와 나를 떼어내려는 것인지도 몰랐다. 7년 동안이나 나를 모른 척한 엄마를 용서할 수 없었다. 엄마에 대한 원망은 새록새록 더 커졌다.

나는 모든 것이 멈춰버렸다. 슬프고 쓸쓸했다. 나는 점점 우울해지고 우울해질수록 담배를 많이 피웠다. 무호에게 편지도 썼다. 주소도 모르면서 일기 쓰듯 편지를 썼다. 잠든 향기 얼굴은 세상 근심 없는 편안한 모습이다. 내 마음은 지옥인데도 향기는 천사 같은 모습이었다. 내 마음

속 지옥이 향기에게 스미게 될까 봐 걱정이다.

나는 향기가 육 개월이 되었을 때 예방접종을 하러 병원에 갔다. 나를 본 의사가 깜짝 놀라며 물었다.

"담배 피워요?"

의사는 내 몸에서 담배 냄새가 난다고 화를 냈다. 나는 아침부터 서둘렀다. 예방접종은 오전에 해야 하기 때문에 일찍 가지 않으면 안 되었다. 담배를 피우고 서두르느라 이를 닦지 않아서 냄새가 느껴졌을 것이다.

"아기 이름도 예쁘게 지어주고 왜 그래요?"

의사는 간접흡연에 대해 한참 설교를 했다. 짜증스러웠지만 어쩌지 못한 채 잔소리를 들어야 했다.

"아기 양육 상태도 나빠요. 지금쯤 7kg은 넘어야죠. 거의 8kg가 되어야 하는데 향기는 지금 5kg 밖에 안돼요. 잘 먹여야 해요."

의사는 한심하다는 듯 말했다. 짜증이 났다. 나는 살이 쪄서 죽겠는데 향기는 살이 찌지 않아서 문제였다. 향기는 입이 짧아서 많이 먹지도 않았다. 나는 살찌는 것이 싫었지만 어쩔 수 없었다. 자고 나면 살이 쑥쑥 찌는 느낌이 들었다.

짜증을 내면서 향기를 안고 병원 밖으로 나왔다. 아기

띠를 바로 매고 있을 때 나를 부르는 소리가 들렸다.

"어머, 너 여기서 뭐 하니?"

고3 때 친구였다. 높은 하이힐이 눈에 확 들어왔다. 찰랑거리는 긴 생머리에 짧은 스커트 아래 쭉 뻗은 다리가 예뻤다. 눈가에 브라운 계열의 섀도를 바르고 입술은 빨갛게 칠해 얼굴이 더 빛나 보였다.

"그 아이는 누구니?"

나는 멈칫하며 향기를 기저귀 가방으로 가렸다. 늘어진 면 티에 무릎 나온 청바지가 의식되었다. 검정 고무줄로 질끈 묶은 머리카락을 향기가 손으로 잡았다. 나는 향기 손가락에서 얼른 머리카락을 빼내며 친구를 바라보았다.

"어머 너 설마…… 그래서 졸업식에 못 나온 거니?"

친구가 향기를 가리키며 말했다.

"……"

"애 아빠는 뭐 하는 사람이야?"

나는 얼른 그 자리를 피하고 싶었다. 친구는 싱긋싱긋 웃으며 질문을 퍼부어댔다.

"어머, 어머, 너 혹시 혼자서 애 키우니?"

"아니야."

나는 얼굴이 화끈했다. 누군가 같이 갈 사람이라도 있다는 듯 나는 주변을 둘러보는 척했다.

"그런데 너, 못 알아볼 뻔했다. 살 좀 빼라, 얘."

나쁜 년, 생각 같아서는 소리라도 쳐 주고 싶었다. 속이 부글부글 끓었지만 친구 말이 틀린 것도 아니었다.

"차 한 잔 하면 좋겠는데, 네 상황이 영 그렇구나. 애 잘 키워라. 잘 가."

친구는 또각또각 구두 소리를 내며 가버렸다. 지가 뭔데, 나한테 태클이야. 나쁜 년. 욕이 나왔지만 참을 수밖에 없었다. 향기가 너무 창피했다. 아니 내가 아이 엄마라는 게 너무 창피하고 화가 났다. 친구 때문에 허둥거리고 있는 사이 향기가 대변을 보았다. 다시 병원으로 들어갔다. 화장실에 들어가서 기저귀를 갈면서 향기 엉덩이를 찰싹 때렸다. 모든 것을 원래대로 되돌리고 싶었다. 향기는 입술이 새파래지게 울었다.

나는 점점 말을 잃었다. 향기가 예쁜 짓을 해도 나는 그냥 바라보기만 했다. 엄마는 향기에게 말을 많이 해주라고 하지만 내 입은 본드 칠을 한 듯 붙어서 떨어지지 않았다. 멍하게 허공만 바라보고 있곤 했다. 어떻게 해야 할까, 무엇을 해야 할까. 생각하다 우두커니 앉아 손가락으로 방바닥을 문지르고 또 문질러 벌겋게 충혈되기도 했다. 텔레비전도 보기 싫다. 뭐가 좋은지 웃고 떠드는 것이 싫어 꺼버렸다. 사실 웃어도 싫고 울어도 싫었다. 무엇인

가 하려고 노력도 하지 않으면서 한편으로는 그냥 살아간
다는 것이 두려웠다. 다들 그냥 살아가는 것 같은데 나만
뒤떨어진 것 같았다.

향기는 방바닥을 기어 다닌다. 멍하게 앉아 있는 나에게
기어와 예쁜 짓을 하고, 내 몸을 흔들기도 한다. 향기가
웃을 때면, 나도 대충 웃는다. 공허하고 가슴 시린 웃음이
다.

벚꽃 날리는 거리에서 무호를 만나 향기를 임신하기 전
까지 나는 행복했다. 순식간에 사라진 지난날을 생각하면
믿어지지 않았다. 행복하다고 느낀 시간은 순식간에 지나
가 버렸다.

엄마는 무호가 있는 곳을 알아냈다.

"향기에게는 아빠가 필요해."

"아빠가 왜 필요해? 우리 아빠 봐봐. 그게 아빠야?"

엄마는 내 얼굴을 한참 바라보았다.

"모든 아빠가 때리는 것은 아니야."

"무호는 나쁜 놈이야. 임신한 거 알면서 도망갔어. 이제
와서 아빠가 되라고 하면 될 거 같아?"

"그래도 최선은 다해봐야지."

엄마는 단호했다.

"무호가 책임지는 것이 두려웠겠지만 향기랑 같이 살다

보면 무호의 마음이 바뀔지도 모르잖아."

"그럴 놈이었으면 진즉 나타났지. 내 전화번호도 알고 있는데 그동안 모른 척했겠어?"

"그래서 넌 이렇게 살겠다는 거니? 앞으로 쭉 이렇게 살 겠다는 거야?"

나는 할 말이 없었다. 어떻게 살 것인지 결정이 되었다면 좋을 것 같다. 아무리 생각해도 살아갈 방법이 없다. 결국 엄마 힘을 빌리는 길밖에 없다. 엄마와 입씨름을 하면서도 나는 끊임없이 무호의 냉정함을 떠올렸다.

엄마는 집에 무호를 데리고 왔다. 무호는 여행을 하는 사람처럼 커다란 배낭을 짊어지고 나타났다. 나는 무호를 믿어야 할지 망설여졌지만 한 번 정도는 기회를 주기로 마음먹었다.

"어서 와."

나는 향기를 안은 채 무호를 맞았다. 무호가 다가왔다. 무호를 본 향기가 큰 소리로 울었다. 향기는 내 가슴팍에 얼굴을 묻고 울었다.

"향기야, 아빠야, 아빠."

엄마가 향기를 달랬지만 소용없었다.

엄마는 저녁 식사 준비를 서둘렀다. 사위 대접을 하는 모양이었다. 식사를 마친 엄마는 나에게 눈짓을 하며 방으로 들어갔다.

무호는 말이 없었다. 저녁을 먹은 다음 텔레비전 앞에 누워 리모컨을 잡고 있었다. 나에게도 향기에게도 관심이 없는 것 같았다. 처음 온 집인데도, 아이를 처음 보는데도 텔레비전 채널만 돌렸다. 한 프로그램을 끝까지 보는 것도 아니었다. 삼분도 되지 않아 채널을 돌리고 좀 보려나 싶으면 또 휙 채널을 바꿔버렸다. 삼십 분쯤 지나 나는 참다못해 한마디 했다.

"뭐든 좀 끝까지 보든지 안 그러면 끄든지 해."

고개를 끄덕인 뒤에도 무호는 쓸데없이 채널을 돌려댔다. 급기야 텔레비전 앞에 벌렁 누워 생라면을 으적으적 씹었다. 향기는 기어가더니 무호의 손에 들린 생라면을 빼앗아 입에 넣고 빨았다.

"향기가 라면을 좋아하나 봐."

무호는 향기 손에 들려있는 라면을 보고 웃고 있었다.

"그런 거 빨다 넘어가면 어떡하려고 그래? 얼른 라면 빼앗아야지."

내 말에 무호가 라면을 빼앗자 향기는 무호를 처음 만났을 때보다 더 크게 몸을 부들부들 떨면서 울었다.

"거 봐. 울어서 안 되겠다. 시끄럽잖아."

무호는 다시 라면을 쥐어 주었고 나는 그것을 빼앗아 쓰레기통에 던져버렸다. 향기는 발악하듯 울었다. 무호는 다시 누워서 뒹굴며 텔레비전 채널을 여기저기 돌렸다.

"너는 이제야 나타나서 미안하지도 않니?"

나는 향기를 달래느라 일어나서 품에 안고 어르며 짜증을 냈다.

"미안하니까 왔잖아."

무호의 말은 진심으로 느껴지지 않았다. 뻔뻔한 립 서비스로 느껴졌다.

"그래, 일어나 앉아서 이야기 좀 해봐. 우리 엄마하고 처음 만나면서 벌러덩 누워있으니까 버릇없이 보이고 무례하게 느껴지잖아."

"그래서 뭐 어쩌라고?"

나와 무호의 목소리가 높아지자 방에서 엄마가 나왔다.

"그래, 어떻게 살지 서로 의논이라도 해보는 게 좋겠네."

엄마도 참을 수 없었는지 한마디 했다.

"내일부터 알바 자리 구해서 일할 거예요. 너무 걱정하지 마세요."

"그러면 집은 어떡할 건가?"

무호는 대답을 하지 않고 나를 바라보았다.

"여기서 지내자고?"

무호가 고개를 끄덕였다.

"아니, 그러면 엄마한테 부탁을 해야지. 지금 이 태도가 뭐야? 처음 온 집에서 벌러덩 누워 있질 않나, 텔레비전만 보고 있질 않나, 애를 울리질 않나."

무호는 할 말이 없는지 입을 다물었다.

"그러면 당분간 여기 머물면서 열심히 돈을 모아 원룸이라도 얻을 마음이 있는가? 향기랑 향기 에미 데리고 가서 살 생각은 있어?"

무호는 고개를 끄덕이기만 했다. 무호 스스로 그런 말을 하지 않아 섭섭했지만 어쨌든 믿어보기로 했다.

무호는 다음 날부터 알바 자리를 알아보겠다고 집을 나섰다. 무호는 첫날 허탕을 쳤다면서 저녁에 집으로 돌아왔다. 삼일 째 되는 날 알바 자리를 구하러 간 무호는 싱글벙글 웃으며 이른 저녁에 들어왔다. 괜찮은 알바 자리를 구했다는 거였다. 알바 자리를 구했다는 말에 마음이 훨씬 풀렸다.

냉장고를 열어보니 반찬거리가 없었다. 내가 가지고 있는 돈도 없었다. 나도 모르게 냉장고 주변을 서성거렸다.

"뭐 먹고 싶어?"

무호가 미소를 띠며 물었다.

"저녁 찬거리를 사고 싶은데……"

나는 말끝을 흐렸다.

"자, 받아."

무호가 흔쾌한 표정으로 이만 원을 쥐여 주었다. 나는 잠든 향기를 무호에게 맡겨두고 마트에 갔다. 무호가 정말 이대로 눌러앉을 것이라는 생각이 들어 마음이 가벼웠다. 겨우 이만 원에 마음이 이렇게 부풀다니 참 속없다는 생각도 들었다. 반찬거리를 사서 대문 앞에 왔을 때 향기 울음소리가 들려왔다. '앗! 무호' 집안에는 향기 혼자 울고 있었다. 짧은 순간 스쳐 지나간 나쁜 예감은 사실이었다. 배낭도 보이지 않았다. 나는 향기를 달랠 생각도 하지 않고 주저앉아 펑펑 울었다. 엄마는 집에 돌아오자마자 잠자는 방에 가서 이불장 속을 뒤지기 시작했다. 무호가 일자리를 얻어 방을 구하게 되면 주려고 돈을 이불장에 넣어두었다고 했다.

"나한테 돈을 줘야지. 왜 무호한테 주려는 거였는데?"

나는 엄마를 원망했다. 엄마가 나보다 무호를 믿었다는 배신감이 들었다.

엄마는 여전히 청소 일을 하고 있다. 난 무호를 생각할 때마다 더 화가 났다. 향기가 걸음마를 시작하면서 방을 어질러 놓기 일쑤였다. 엄마는 집 안에 들어서면서 인상을 찌푸리지만 말은 하지 않았다. 향기가 어질러 놓은 장

난감을 한쪽으로 밀어버리고 누워서 눈을 붙일 때도 있었다. 처음에는 나도 정리를 해보았다. 해도 해도 금방 똑같은 상황이 벌어졌다. 나는 치우는 것을 포기했다. 엄마도 내가 치우지 않자 퇴근하고 와서 몇 번 치우더니 피곤해서 죽겠다면서 한쪽으로 쓱 밀어버리고 벌렁 누워서 한잠 자곤 했다. 방은 점점 쓰레기통처럼 변하고 있었다.

　방 세 칸짜리 조그만 집을 엄마는 청소 일을 해서 샀다. 마당에서 현관문을 열고 들어서면 주방을 겸한 거실이 있다. 방 중에서 거실이 제일 넓어 낮에는 주로 향기와 같이 지냈다. 잠은 거실 옆에 붙은 작은 방에서 엄마와 함께 잤다. 또 하나 있는 방은 보일러가 고장 나서 짐을 쌓아두고 있었다.

　엄마는 퇴근하고 돌아오면 잠깐 거실에서 한숨 잤다. 엄마가 일어나면 나는 물을 끓여서 컵라면에 물을 부었다. 엄마는 라면만 먹고 살다가는 무슨 변을 당할지 모른다며 중얼거리곤 했다. 엄마가 피곤한 몸을 이끌고 지어준 밥을 나는 별로 먹지 않았다. 라면이 훨씬 먹기 편하고 맛있었다. 느닷없이 돈을 들고 튀어버린 무호 생각이 나면 속에서 무언가 치받쳐 올랐다. 그럴 때면 초콜릿과 과자를 먹다, 라면을 끓여 먹었다. 마음을 안정시키지 못하고 불안이 커져 가면 나는 먹는 것으로 그것을 억눌렀다.

나는 이제 몸을 움직이기 힘들 정도로 살이 쪘다. 옆으로 누우면 뱃살이 방바닥에 축 늘어졌다. 누워있으면서도 마음 한구석이 편하지 않았다. 향기에게 무엇인가 해주어야 할 텐데 아무것도 해주지 못하는 것에 대한 불편함이었다.

나는 변덕이 더 심해졌다. 무호가 같이 살 것처럼 굴다가 엄마 돈을 가져간 다음 전화 연락까지 끊어버리자 화를 주체하기 힘들었다.

"무호 이제 버려라."

"엄마가 데려왔잖아. 내가 언제 데려오라고 했어?"

"혹시나 했지. 너하고 잘 살라고 데려왔지."

"시끄러워. 난 싫다고, 그놈도 싫고 향기도 싫어. 이게 다 엄마 때문이야."

모든 원망을 엄마에게 쏟으며 화를 냈다.

"나도 안다고. 나쁜 놈인 거 아는데 그게 마음대로 되지 않아."

같이 살 수도 없고 그럴 놈도 아니라는 걸 아는데 나 혼자라는 걸 인정하기 싫었다. 나는 손이 가는 데로 물건을 집어 던졌다. 향기가 울면서 다가왔다.

"엄마, 엄마."

내 다리를 안고 우는 향기를 밀쳤다. 가슴이 몹시 아팠다. 향기를 보면 마음이 암담했다. 무호가 나쁜 놈이고 도둑놈이란 것을 알면서도 미련을 가지고 있는 내 자신의 태도도 미치도록 싫었다. 향기와 내가 묶여 있는 한 내 삶은 이 상태에 못 박혀 있는 것이라고 생각했다.

무호의 괘씸함에 화가 날 때 향기가 내 신경을 건드리면 마구 때렸다. 그 조그만 아이 때릴 곳이 어디 있다고 나는 때렸다. 엄마가 말리느라 향기를 감싸고 있으면 엄마를 정신없이 때렸다. 화가 나면 그 화 때문에 더 화가 났다. 그런 날은 엄마와 향기가 여기저기 멍투성이가 되었다.

담배가 떨어졌다. 나는 엄마에게 담배를 사달라고 했다. 엄마는 제발 끊으라고 했다. 그 말만 들어도 속이 꼬이기 시작했다. 엄마는 집안을 치우고 있었다. 그때 향기가 내 몸을 넘어서 지나갔다. 나는 무거운 몸을 일으켜 향기를 붙잡고 돌아서 가지 않고 내 몸을 넘어 다닌다며 때리기 시작했다. 엄마는 향기가 맞지 않도록 몸으로 막았다. 그게 더 화가 나서 엄마를 사정없이 때렸다.

"너도 네 아빠랑 똑같구나."

엄마가 소리쳤다. 나는 멈칫했다. 내 손을 바라보았다. 향기는 엉엉 울고 있었고, 엄마도 향기를 품에 안고 엉엉 울고 있었다.

엄마는 아빠한테 맞고 살았다. 그 처참했던 날들이 떠올랐다. 엄마의 코뼈는 부러져 수술을 받았고, 갈비뼈도 부러져 병원에 입원했던 일도 많았다. 아빠에게 맞아서 이가 부러지고, 몸을 움직이지 못하는 엄마의 무서웠던 날들을 기억하면서 나도 향기를 때리고 엄마를 때렸다. 때리고, 소리 지르고, 울고 조용할 날이 없었다.

엄마가 향기를 어린이집에 보내자고 했다. 나랑 우울하게 지내는 것보다 훨씬 좋을 거라고 생각했다. 혼자 있는 것은 오랜만의 일인데 홀가분하고 마음이 편했다. 엄마는 향기가 없는 시간에 달리기를 해 보라고 권했다. 특히 달리기를 하면 숨이 차서 다른 생각을 할 겨를이 없다고 했다.

엄마도 처음에 나를 두고 집을 나갔을 때 너무 힘들어 달리기를 시작했다면서 한 번이라도 해보라고 했다. '아, 엄마도 힘들었구나.' 처음으로 엄마 말이 귀에 들어왔다. 엄마 말이 맞지만 달리기를 하고 싶지 않았다. 모든 것이 귀찮았다. 일어나서 무엇을 해야 한다는 것이 싫다. 귀찮은 일을 하려고 생각만 해도 화가 났다. 물건을 내던지기도 했다. 며칠 전에 식탁 유리를 손으로 내리쳐서 박살을 내기도 했다. 유리는 거미처럼 하얀 줄을 만들며 사방으로 쭉 뻗쳐 스테인드글라스 문양처럼 보였다. 손을 다치지 않아서인지 속이 시원했다. 머리와 가슴 가득했던 분노가 순식간에 사그라지는 거였다. 그 시원함을 느껴보려고 물건을 내던지고 발로 밟아서 짓이기는 일도 잦아졌다. 엄마는 걱정이 되었는지 향기를 떼어내려고 어린이집을 물색해 본 듯했다.

이웃 가운데 누군가 가정폭력방지센터에 신고했다. 사회복지사가 찾아왔다. 그들은 쉽사리 나를 경찰에 넘기거나 하지는 못하겠지만, 내 생활에 개입하는 것이 싫었다. 나는 갈수록 화가 나면 억제하기 어려운 지경이 되고 말았다. 무엇인가 부수든지 때리든지 점점 괴팍해지고 있었다.
사회복지사의 도움으로 심리 검사를 하기로 했다. 나는 처음에 거부했었는데 엄마가 나를 설득했다. 아빠처럼 모두 떠나고 혼자 남을 거냐고 하는 말이 가장 괴로웠다. 도망칠 수도 없다. 엄마가 나를 버린 것처럼 내가 향기를 버릴 수 없었다. 무호가 있었더라도 나는 향기를 두고 떠나지는 않았을 거였다. 하지만 때리는 짓은 오히려 더 나쁜 일이다. 나쁘다는 것을 알고 있다. 알지만 나는 나를 주체하지 못했다. 나를 어떻게 할 수 없었다. 고통의 시간과 우울한 시간들이 꽉 메우고 있는 공간에서의 시간은 정말 더디기만 했다. 하루가 한 달처럼 느껴지는 날들이 많았다. 뾰족한 방법은 없지만 내 시간을 낭비하고 있다는 생각은 나를 비참하게 만들었다. 처음에는 향기 때문이라고 생각했다. 향기는 내 선택이었는데 왜 그런 핑계를 대냐고 마음속 다른 내가 소리쳤다.

심리 검사를 했다. 상담사는 어린 시절 이야기를 하라고 했다. 나는 정말 지긋지긋하게 어린 시절 이야기를 했다. 무호 이야기를 할 때는 창피했다. 무호와 만날 때는 행복했었는데 남에게 말을 하다 보니 창피했다. 다시 생각하기 싫은 것들을 끄집어내서 이야기하라고 했다. 엄마와의 이야기, 무호와의 이야기, 향기와의 이야기 모두. 아빠 이야기도 했는데 그게 가장 하기 싫은 이야기였다. 아빠한테서 뿜어져 나오던 시큼하면서 퀴퀴한 냄새가 떠올랐다. 집 안에 들어서면 온 집안에 아빠 냄새가 배어 있었다. 문을 열고 환기를 시켜도 구석구석 박혀있는 냄새는 없어지지 않았다. 아빠 냄새라는 걸 알게 된 것은 아빠가 나를 때릴 때 뱉어내는 입김 때문이었다. 정체를 알지 못했던 냄새의 근원이 아빠였다는 걸 그때 알았다. 아빠에게 멋모르고 대들었다 지독하게 맞았다. 며칠 동안 학교에 나가지 못할 정도로. 아빠는 마치 모아두었다 한꺼번에 몰아서 때리는 느낌이 들 정도로 때렸다.

나도 어느새 아빠를 닮아 있었다. 화가 가라앉으면 폭력적인 내가 너무 싫었다. 난 결국 아빠처럼 되어버렸다. 엄마도 이런 상황이 싫을 것이다. 내가 저지른 이 현실이 너무 처참했다. 엄마는 죄가 없었다. 엄마는 이제 사십 칠 세였다. 엄마가 나를 버린 것이라고 아빠는 말했지만 엄마는 살기 위해서 탈출했던 거였다. 엄마는 더 이상 맞고 살 수 없었다. 그 이야기를 하면서 목이 막혀 울었다. 그 당시에 느꼈던 것보다 더 마음이 시리고 슬프게 느껴졌다. 한 번도 운명이랄지 그런 것들이 내 편인 적이 없었던 것 같았다. 나는 늘 외로웠다. 도대체 왜 태어나서 이렇게 힘들게 살아야 하는 걸까 늘 생각했다. 나는 왜 태어났을까.

심리 검사 결과가 나왔다. 나는 우울증과 분노조절장애라는 판정을 받았다.

상담을 하면서 엄마는 아빠와 살 때 맞고 사는 것이 힘들었고 혼자 살면서는 이혼녀라는 사실 때문에 힘들었다는 이야기를 했다. 내가 미혼모로 사는 것이 힘들 듯 이혼녀로 사는 것도 만만치 않았겠다고 고개를 끄덕였다.

역할극 치료를 하기로 했다. 엄마와 역할을 바꿔서 연극을 하는 것이었다. 엄마가 가장 흥분하고 있는 것 같았다. 엄마는 기대를 많이 하고 있었던 것이다. 나는 얼떨떨했다. 연극 한 번 해서 좋아진다면 다들 그러지 않았을까 하는 생각도 들었다. 내게 가장 잘 맞는 치료법이라고 했지만 나는 믿지 않았다.

세 번째 역할극을 마쳤을 때 상담사가 이제 그만해도 될 것 같다고 했다. 나는 화가 나서 화가 가라앉는데 시간이 걸리면 다시 센터에 가기로 약속했다. 엄마는 처음으로 삼겹살과 소주를 샀다. 우리는 한 잔 마시고 화해 의식을 치르고 싶었다. 들뜬 기분으로 집에 들어선 순간 입이 벌어졌다. 집안은 사람이 살고 있나 싶게 지저분했다. 처음으로 엄마와 한마음이 되어서 집안 정리를 했다. 비좁던 집안이 환해졌다. 아직 어리지만 향기가 책 읽을 공간도 한편에 마련해 주었다. 긴 시간의 나들이로 피곤했는지 향기는 간식을 먹자마자 잠이 들었다.

엄마는 삼겹살이 구워지자 내 수저에 올려 주었다.

"엄마 살찌니까 조금만 먹을래요."

엄마가 내 얼굴을 찬찬히 들여다봤다.

"오늘만 많이 먹어."

엄마는 다시 삼겹살을 뒤집고 가위로 한입 크기로 자른다.

"집을 나와서 밥을 먹을 때가 가장 고역이었어."

"혼자 먹기 싫어서요?"

"아니, 네 생각이 나서. 널 만나면 삼겹살을 실컷 먹여야지 생각하곤 했어."

목이 메었다. 나도 덩달아 삼겹살을 뒤집었다. 상추에 고기를 올리고 익힌 마늘을 올리고 파 채를 올려 크게 쌌다.

"엄마, 아!"

엄마에게 입을 벌리라고, 아 소리를 길게 했다. 엄마 눈에서 눈물이 볼을 타고 주르륵 흘렀다. 엄마는 눈물을 쓱 훔치더니 입을 벌렸다. 나는 엄마 입에 큰 상추쌈을 넣어주었다. 나는 작은 술잔에 소주도 한 잔 따라서 엄마 앞에 내밀었다. 엄마는 상추쌈을 먹은 다음 소주 한 잔을 단숨에 마셨다.

"우와, 원샷이네."

나는 엄마를 놀리듯 웃으며 한 잔을 더 따랐다.

"그 다음에 또 마음이 미칠 것 같을 때가 있었어."

"언제?"

"날씨가 갑자기 추워질 때, 꽃샘추위나 가을에 갑자기 추워진 날. 나도 추워 떨면서 길을 가다 어린아이가 입술이 파래져서 걷고 있는 것을 보면 마음이 찢어질 것 같았어. 꼭 네가 떨고 있는 것 같은 거야. 그런 날은 혼자서 술을 마셨어. 맨정신으로 버티기 힘들었어."

나는 엄마를 원망하기만 했다. 아빠에게 나를 내동댕이 치고 혼자서 도망갔다고 얼마나 원망했는지 모른다. 엄마 마음은 같이 있을 때나 멀리 있을 때나 간절할 텐데, 나는 의심하고 미워했다.

"나는 엄마가 나 때문에 마음 아파하고 힘들어하는 줄 모르고 원망만 했어요. 미혼모가 되어서 엄마한테 얹혀살 면서 자존심 상한다는 생각만 했구요. 엄마가 무호를 찾을 때도 나와 향기를 감당하기 싫어서 그러는 거라고 생각했어요. 나는 엄마가 있었으면 미혼모가 안 되었을 거라고 생각했어요."

"미안해."

엄마가 고기를 싸서 내 입에 넣어 주었다.

나는 다음 주부터 간호조무사 교육을 받으러 학원에 가기로 했다.

눈길

어제부터 눈이 내리고 있다. 방송에서는 폭설 특보가 발령되었다고 떠들썩했다. 여기저기서 눈 때문에 사고가 났다. 비닐하우스가 무너진 어느 농가는 하늘이 무너진 것 같은 충격을 받았다고 했다.

폭설이 내릴 때마다 진서는 생각했다. 고립무원의 오지에 완전히 갇혀서 몇 날 며칠 꼼짝도 못했으면 좋겠다는. 요양병원에 아파서 누워 있는 사람들이나 건강한 사람들이나 마찬가지의 세상이 되었으면 좋을 것 같았다. 모두가 눈 속에 갇혀 눈이 녹기를 기다리면서 전전긍긍하는 날이 며칠만이라도 있었으면 좋을 것 같았다. 극한 상황을 꿈꾸는 이유는 알지 못했다. 인력으로 어쩌지 못하는 상황에 몰려 두 손 놓고 저절로 해결될 때를 기다려보고 싶었다. 눈이 많이 내릴 때면 그런 상황이 한 번이라도 되어보기를 바랐다.

눈이 쌓인 들판이 부르는 것 같다. '뛰어 봐. 발자국이 남을 거야. 그래도 돌아보진 말아. 발자국이 멈추잖아. 그냥 앞만 보고 뛰어 봐. 발자국이 따라갈 거야.'

운동장 주변으로 왕벚나무가 나란히 서 있다. 눈 쌓인 왕벚나무와 운동장 색이 하얗다. 세상의 색은 모두 하얗다. 눈을 뒤집어써 입체적인 모양이 된 왕벚나무가 무거워 보인다. 운동장을 뛰어다니고 싶지만 그래서는 안 될 이유라도 있는 사람처럼 우두커니 서서 창밖을 바라보다 이내 상념에 잠겼다.

그날도 눈이 많이 내렸다. 진서는 토요일이어서 오전 근무만 하고 오후에 맞선을 보기로 했다. 오전에 일을 하다 창밖을 보면 눈이 펑펑 쏟아지고 있었다. 이제는 그쳤겠지 하고 창밖을 보면 여전히 눈이 쏟아지곤 하더니 점심을 먹고 난 뒤에야 그쳤다. 그렇지만 길은 이미 경계가 없어져 버렸다.

진서는 논인지 길인지 경계가 모호해진 길을 걸어서 맞선보기로 한 찻집으로 갔다. 요양병원은 면 소재지 외곽에 자리하고 있었다. 요양병원에서 가장 가까운 찻집으로 장소를 정한 것은 진서가 차를 가지고 있지 않기 때문이었다.

눈이 내려서인지 찻집에는 사람이 많았다. 난로에 손을

쬐면서 여자 종업원과 슬쩍슬쩍 스킨십을 하는 시골의 중늙은이들이 태반이었다. 따뜻한 곳은 나이 먹은 사람들에게 빼앗기고 창가에 정묵이 앉아서 서글서글한 눈을 굴리며 진서를 기다리고 있었다. 정묵은 두꺼운 점퍼를 벗어서 옆 의자에 걸쳐두고 얇은 스웨터 바람으로 손을 비비며 앉아 있었다. 진서가 다가가자 정묵이 벌떡 일어나서 하진서 양이냐고 물었다. 양? 진서는 고개를 끄덕이며 희미하게 웃었다.

커피를 주문했다. 천천히 이야기를 나누려는 정묵과는 다르게 진서는 뜨거운 커피에 냉수를 부어서 급히 마셨다.

"차 가지고 오셨죠?"

커피를 마신 진서가 물었다.

"이런 날은 차를 몰면 몹시 위험해요."

"눈 쌓인 들판에 가고 싶어요. 천천히 다니면 되잖아요. 네?"

처음 만난 여자가 마치 익숙한 연인에게 조르듯이 말했다.

"나가요."

"눈이 많이 내렸는데 어디 가고 싶은 곳이 있어요?"

정묵은 눈 쌓인 길을 운전하기가 부담스러웠다. 해남은

눈이 많이 내리는 지역이 아니라서 월동 장비를 갖추고 있지 않았다. 4륜 자동차지만 체인도 갖고 있지 않았다. 체인을 채우지 않은 자동차를 몰고 눈 쌓인 길을 나가기는 부담스러워 망설였다.

"빨리 나가요."

진서는 아랑곳없었다. 성미가 급하구나, 생각하면서 정묵은 반쯤 커피를 남기고 일어섰다.

정묵은 진서의 성화에 휘말려 차에 올랐다.

'위험할 텐데. 위험하지만 대수냐, 들판으로 가고 싶다는데.'

도로에는 차가 없었다. 정묵은 엉겁결에 진서에게 압도되어 들판으로 차를 몰았다. 장비가 갖춰지지 않은 차에 처음 만나는 여자를 태우고 있어서인지 더 조심스러웠다. 진서는 눈을 처음 본 사람처럼 '하얗다'를 반복하며 창문을 내리고 얼굴까지 내민 채 앉아 있었다. 정묵은 진서가 오늘 무엇 때문에 정묵 자신을 만나고 있는지, 자신에게 관심이 있는지, 차 운전해줄 사람을 필요로 했는지 여러 가지 생각을 하며 진서가 얼굴을 차 안으로 넣어주기를 기다렸다.

진서는 너무 추워서 입술이 새파랗게 되어서야 얼굴을 차 안으로 들이밀었다. 정말 하얗다, 라고 하면서.

"눈 처음 봐요?"

그때서야 진서는 웃음 어린 얼굴로 정묵을 바라보더니 순간 어두운 표정이 스쳤다. 희미한 웃음 뒤 표정이 무엇인가 이야기가 많은 사람 같다는 느낌이 들게 했다.

"잊을 수 없을 거예요. 눈 쌓인 날 맞선 본 사람이랑 아무도 다니지 않은 길을 드라이브 한 거."

"아, 우리가 맞선을 본 것은 맞군요?"

정묵이 고개를 끄덕이며 허탈하게 웃었다. 조심스럽게 운전을 하면서 정묵은 진서를 흘끔흘끔 훔쳐보았다.

'눈이 많이 쌓인 날 아무도 다니지 않은 길을 드라이브 하면 저렇게 만족스러운 여자도 있었구나, 행복해 보이기까지 하네.'

"해남에서 떠나지 않고 계시면 겨울마다 눈 쌓일 때 드라이브 시켜줄 수 있어요."

정묵은 나와 함께 라는 말을 앞에 할까 망설이다 애매하게 말했다. 진서는 슬며시 웃기만 할 뿐 별다른 말을 하지 않았다. 알 수 없는 여자라는 생각이 들었다. 만난 지 한 시간도 지나지 않았기 때문에 당연히 알 수 없을 텐데도 그 느낌이 좋다거나 나쁜 것이 아닌, 뭔가 생소한 느낌이었다.

그랬다. 지금까지 맞선 장소에 나온 여자들과 느낌이 달랐다. 정묵은 땅끝의 면 소재지를 빠져나와 읍에 가서 진서와 카페에 앉아 흔히 맞선 볼 때 하는 일들을 하고 싶었다. 형제는 몇 명이고 부모님은 무엇을 하고 그런 일상적인 대화를 나누고 싶었다. 그러한 절차를 밟은 뒤에 드라이브를 하든지 밥을 먹든지 하고 싶었다. 그렇지만 진서는 그런 것에 전혀 관심이 없었다.

"온 세상이 하얗게 옷을 입었는데 시끄럽고, 담배 냄새, 술 냄새, 사람 냄새 고약한 곳에 일부러 비집고 들어갈 필요가 있어요? 이렇게 드라이브 하니까 정말 행복하네요. 그렇지 않아요?"

진서가 한사코 읍내로 가기 싫다고 우겨서 정묵은 해안 도로를 드라이브할 생각이었다. 가로수가 눈을 뒤집어쓰고 길잡이를 하고 있었다.

"어떤 색 좋아하세요?"

말없이 창밖만 바라보던 진서가 물었다. 아마 흰색이 좋아서 묻나보다 정묵은 짐작하면서 자신이 무슨 색을 좋아하는지 잠시 생각했다.

"특별히 싫어하는 색도 없고 굳이 한 가지만 말해야 한다면 파란색……."

말끝을 흐리며 파란색 옷 때문에 싸웠던 일이 떠올라 미간을 찌푸렸다.

"파란색이 화려하지 않다고 생각해요?"

정묵은 밑도 끝도 없는 질문을 진서에게 했다.

"화려한 것을 좋아하세요?"

진서는 여전히 차창 밖 풍경에 시선을 둔 채 물었다. 정묵은 헤어진 여자의 이야기를 꺼냈다.

노래를 잘하는 여자였다. 외모가 화려한 여자이기도 했다. 가수 자격증도 있었고 가수로 세상에 얼굴을 내밀고 싶어 하는 여자였다. 정묵이 여자에게 끌린 것은 단순히 노래를 잘 부르기 때문이 아니었다. 노래도 잘 부르지만 여자가 입고 다니는 옷과 꾸밈새 등이 정묵의 기호와 잘 맞았기 때문이었다. 귀가 늘어질 것 같이 주렁주렁 매달린 귀걸이와 두세 개 겹쳐서 목에 치렁치렁 휘감고 다니는 목걸이, 양 손가락에 끼고 있는 반지, 양쪽 팔목의 팔찌들이 정묵의 기호와 잘 맞았다. 여자는 늘 옷도 화려한 색으로 입어서 사람들 속에 있어도 쉽게 눈에 들어왔다. 정묵은 애써서 여자를 찾지 않아도 금방금방 자신의 시야에 들어오는 것이 마음에 들었고 마침내 결혼을 결심했다. 무엇이든 다 해주고 싶었다.

정묵은 진서가 창밖만 바라보며 말이 없어도 자신이 결혼했던 이야기를 계속했다. 진서가 무슨 생각인지 그의 말을 자르고 질문을 했다.

"어쨌든 이혼을 했다는 말인가요?"

정묵은 진서의 질문에 한참 망설였다.

"이혼이라기보다는 그냥 헤어졌다고 해야겠죠."

"결혼은 했는데 그냥 헤어진 거라면 법적인 것을 말하는 건가요? 그런 것이 중요하군요. 실제의 상황보다 법석으로 어쨌느냐만. 다른 사람들은 법적인 것이 중요할지 몰라도 나는 실제의 상황들이 더 중요하다고 생각해요. 법적 상황 때문에도 상처받겠지만 실제 상황 때문에 더 상처 받는 거 아닐까요?"

정묵은 갑자기 말문이 막혔다. 굳이 말하자면 여자와 혼인신고를 하지 않아서 그나마 잘 된 것이라고 생각하고 있었던 터였다.

진서는 얼굴을 유리창에 대고 김을 불어 손가락으로 '법'이라고 썼다. 그러더니 옷소매를 잡아당겨 지워버렸다.

"그런데 왜 헤어졌는데요?"

진서는 유리창을 닦기 위해 내렸던 옷소매를 올리며 물었다.

정묵은 여자와 신혼여행을 태국으로 갔다. 비행기 안에서 정묵은 신혼여행 끝나고 집에 가면 농사를 지어야 한다고 무심결에 말했다. 여자는 정색하고 농사를 지어야 하는가 물었다. 농사꾼이 농사지어야지 뭐 하냐, 정묵은 오히려 그것을 묻는 여자가 이상하다는 듯 대답했다. 여자는 비행기 속이라는 것도 잊었는지 노발대발 속았다고 소리쳤다. 창피하다 조용히 이야기 하자 해도 여자는 쉽게 수그러지지 않았다. 지금 신혼여행 가는 경비도 농사지어서 번 돈으로 가는 것이다 아무리 설득해도 여자는 막무가내였다. 신혼여행은 정묵이 여자를 설득하는 일로 모두 허비하고 끝나 버렸다. 여자는 돌아오자마자 친정으로 가버렸다. 정묵은 농사일을 하는 짬짬이 여자를 데리러 가곤 했다. 노래 부르는 일을 도와주겠다, 농사는 짓지 않아도 된다고 얼러서 집을 나간 지 한 달 만에 여자를 데리고 집에 왔다.

새벽부터 일어나서 밥을 지어야 하고 다른 가족들 일하는데 집에만 있는 것이 여자에게 고역이었다. 여자는 하루 종일 손톱 정리며, 자신의 얼굴을 공들여서 마사지하고 거울을 보며 춤 연습을 했다. 그러더니 공연을 한다는 핑계로 집을 자주 비웠다. 일주일씩 들어오지 않을 때도 있었다.

비가 내리는 날 정묵은 파란색 셔츠를 산 뒤 정성 들여 포장해서 여자를 찾아갔다. 여자는 남편의 선물에 눈을 빛내며 포장지를 뜯었다.

"이게 뭐야?"

여자의 입에서 나온 말에 정묵은 울컥 화가 치솟았다.

"나는 이런 색 옷은 싫어해."

여자는 셔츠를 휙 던져버렸다.

"파란색도 화려한 거야. 왜 싫다고 그래?"

정묵은 여자를 이해할 수 없었다.

"봐요. 나는 색깔로 멋을 내는 것이 아니라니까. 많은 스팽글로 빛을 내는 거잖아요."

"그래도 사람 마음을 내동댕이치면 무안하잖아."

"무안했어요? 미안해요."

여자는 진심으로 미안한 기색이 아니었다. 여자는 스팽글처럼 반짝이는 삶을 원했다. 정묵은 그건 가짜라고 생각했다.

눈 쌓인 길 너머로 바다가 보였다. 바다의 파란색은 강렬한 만큼 눈 속에서도 그 빛깔이 살아있었다.

"나는 바다의 빛깔 파랑이 좋아요."

정묵은 색깔 때문에 한이라도 맺힌 듯 말했다.

"결혼은 결코 낭만이 아니죠. 정신없이 새로운 생활에 적응해야만 하죠. 빨리빨리 적응하지 못할수록 서로 배려하고 이해해야 하는데. 결혼은 정말 힘든 일 같아요."

진서는 아직도 창밖만 열심히 바라보면서 결혼 생활에 대해서 많이 아는 사람처럼 이야기를 했다. 눈 쌓인 들판에 황량하게 서 있는 가로수가 쓸쓸해 보였다. 인생도 들판에 홀로 서 있는 것일지도 모를 일이었다. 하얗게 눈이 쌓이거나 비가 쏟아지거나 그저 홀로 서서 수많은 풍경 속 풍경으로 그 가운데 하나 잠시 빠져도 그다지 흠이 되지 않을 그런 존재로 살아가고 있을지도 모르는 일이었다. 누구나 살다 보면 사연 한두 가지 있을 것이고 그러면서 어른이 되는 것인데, 이 남자는 자신의 사연에 몰입해서 아직도 분노에 차 있다는 생각이 들었다.

진서는 정묵에게 농사짓는 자신에게 화가 난 것인지 아니면 농사짓는 일을 못하겠다고 떠나버린 여자에게 화가 난 것인지 물었다. 정묵은 여자의 스팽글을 생각하고 있었다. 진서의 물음에 대답을 하지 못하고 정묵이 잠시 침묵하고 있는 사이에 소나무가 방풍림으로 조성된 바닷가를 지나갔다. 배가 드나드는 선착장을 지나치게 되었다.

"저곳은 어딘가요?"

진서가 만의 건너편을 가리키며 물었다.

"멀리는 보길도, 백일도, 흑일도, 가장 가까운 작은 섬은 맴섬 그런 섬들이죠."

만의 해변에 있던 모래는 눈이 쌓여 보이지 않았다. 정묵은 속으로 자기도 모르는 사이 지겨운 눈, 하면서 숨을 길게 내뱉었다. 하얀 입김이 허공으로 퍼졌다.

"집에서 너무 멀리 와서 걱정되나요?"

진서는 무관심하게 앉아 있었으면서도 길게 내 뱉는 정묵의 긴 숨에 반응했다. 순간 정묵은 '허' 하면서 짧게 웃음을 뱉었다. 그 웃음을 대답으로 생각했는지 진서는 다시 차창 바깥으로 시선을 돌렸다. 눈이 많이 내려서인지 지나가는 자동차가 한 대도 보이지 않았다.

조심스레 오르막길을 한참 오른 뒤 커브 길이 나왔다.

"바다 일은 하지 않아요?"

"바다 일은 농사가 없는 사람들이나 농사가 적은 사람들이 하죠."

진서는 아하 그렇구나, 하면서 고개를 끄덕였다.

"농사지으면서 살 수 있겠어요?"

"하려고 마음먹으면 못하기야 하겠어요? 덜 힘들게 살고 싶은 거죠."

"그 말은 진서 양은 존중해 준다면 남편이 하는 일을 같이 할 수 있다는 것인가요?"

"아니. 나는 생각해 본 일은 없는데 힘들 것 같기는 해요. 나는 내 일이 있으니까 평생, 그러니까 정년까지 내 일을 하고 싶어요. 사실 보살펴야 할 사람도 있구요."

대화는 다시 끊어졌다. 정묵은 혼자 진서의 말을 정리하느라 머릿속이 복잡했다. 어쨌든 농사는 하지 않겠다는 말인데 진서가 긍정적인 생각을 가졌기 때문에 설득을 해 보면 가능성이 있을 것 같다는 쪽으로 마음이 기울었다.

진서는 정묵이 어떤 생각을 하든 그다지 관심이 없었다. 말이 맞선이지 결혼을 하고 싶어서 정묵을 만나러 나온 것이 아니었다. 이기적인 생각이지만 가끔 만나서 차 마시고 밥 먹고 시간 나면 여행도 다닐 수 있는 친구가 필요했다.

진서는 시골의 노인병원 사회복지사로 일하고 있었다. 환자들 식사 시간이면 병동 근무자들은 손이 부족해서 쩔쩔맸다. 진서는 같은 직원 입장에서 돕고 싶었다. 혼자서 식사를 하지 못하는 몇 사람을 정해 도와준 것이 환자 보호자 눈에 띄게 된 것이다. 진서가 미혼이라는 것을 알게 된 이후로 좋은 사람 소개시켜 줄 테니 만나보기만 하라고 그 보호자가 자꾸 졸라대서 허락을 한 거였다. 그래서 농사를 지을 각오 같은 것이 되어 있을 리가 없었다.

"고향이 여기는 아닌 것 같은데 맞아요?"

정묵의 질문에 진서는 또 희미하게 웃었다. 고향이 어디냐고 물어보면 혼내기라도 한댔나.

"서울인데요. 나는 깍쟁이가 아니랍니다."

"누가 깍쟁이라고 했나요?"

"서울이 고향이라고 하면 모두들 '서울 깍쟁이' 그러면서 웃었어요."

정묵도 진서의 말에 웃었다. 서울 깍쟁이라면 시골에서 농사지으며 살 턱이 없지 하는 생각도 들었다. 얼마나 천천히 차를 몰았는지 30분이면 거뜬한 거리를 두 시간 째가고 있었다. 그 사이 정묵의 어머니가 궁금증을 이기지 못하고 전화를 했다. 아직 저녁도 먹지 않았고 그냥 차타고 돌아다닌다는 말에 눈 속에 위험하다는 말만 실컷 들었다. 정묵은 어머니와 통화하면서 이게 무슨 팔자란 말인가 하는 생각이 들었다. 결혼은 관심도 없는 여자가 눈길 드라이브 하고 싶어서 쓸데없는 고생만 시킨다는 생각도 스치고 지나갔다.

"이제 데려다 주세요. 집에서 걱정하실 텐데 들어가 봐야죠."

진서는 자신만 생각했던 것이 미안했다. 정묵의 어머니 전화 때문에 생각하지 못했던 사실을 깨달았다.

정묵은 진서가 남의 마음속을 들여다보는 재주가 있나 싶은 생각이 들자 마음속이 확 달아올랐다.

"나는 좋은 시간이었는데 운전만 하느라 고생했죠? 다음

에 눈 녹으면 제가 맛있는 저녁 대접할게요. 오늘 드라이
브 해 준 보답으로요."

진서는 호주머니를 뒤적이더니 명함을 꺼내서 운전석과
조수석 가운데의 잡동사니 두는 공간에 꽂았다. 그렇지만
진서가 근무하는 병원까지 가려면 아직 한 시간은 더 달
려야 할 것 같았다. 눈이 그치고 햇살이 비추면서 쌓인
눈이 서서히 녹고 있었지만 속력을 낼 수는 없었다.

"나이가 몇인지나 알고 갑시다."

"아, 서른일곱인데요."

희미한 미소가 진서의 입가를 흘러갔다. 저 미소는 무슨
의미지 정묵은 이토록 파악하기 어려운 상대를 대하는 것
이 당혹스럽기만 했다.

"아직까지 결혼을 한 번도 하지 않았어요?"

정묵의 물음에 진서는 멍한 시선을 바깥으로 보내다 고
개를 저었다.

"남편이 있었는데 오 년 전에 하늘나라로 보냈어요."

정묵은 괜한 것을 물었다는 생각이 들었다. 오후 내내
줄곧 행복해하던 진서에게 찬물을 끼얹은 것 같아 마음이
불편했다. 진서의 미소 뒤에 잠깐씩 보인 그늘이 이해되
었다.

"괜찮아요, 이제는. 어느 날 잠깐 친구를 만나고 온다더

니 사고가 났는데 그 자리에서 갔어요. 나는 일 년 정도 정신과 치료 받고 말도 아니었어요. 지금은 많이 덤덤해졌어요. 시어머니가 지금 제가 일하는 병원에 입원해 계시거든요. 서로 의지하고 좋아요. 꼭 딸 같아요. 남들도 딸 인줄 알아요."

정묵의 마음을 또다시 눈치챈 진서가 미리 괜찮다고 해서인지 미안한 마음이 더했다. 정묵의 가슴 한 곳에 찬바람이 스윽 지나가는 느낌이었다. 들판의 눈덩이가 가슴 어느 한 곳을 명중한 것처럼 아리기까지 했다. 어린 나이에 힘들었겠다는 연민이 뭉클한 가슴을 더욱 죄어왔다.

"부모님이 많이 안타까워하시겠어요."

아빠는 사업가였다. 오빠는 나이 차가 많아서 진서는 늘 외톨이처럼 자랐다. 무슨 이유였는지 알 수 없지만 아빠는 집사로 일하던 사람의 총에 맞아 죽었다. 신혼이었던 오빠와 올케는 경찰서에 불려 다니며 곤욕을 치렀다. 아빠가 평범하지 않은 모습으로 죽게 된 충격으로 진서는 밤에 잠을 못 자고 집안을 돌아다니거나 없어져서 애를 먹었다. 몽유병은 꽤 오래갔다. 남의 시선을 피해 정신과 의사가 집으로 와서 진서와 시간을 보내곤 했다. 진서의 엄마마저 아버지의 죽음으로 인한 충격 때문에 병원에서 힘든 나날을 보냈다. 엄마는 진서를 돌봐주기는커녕 엄마

자신도 추스르지 못하고 살았다.

"사업은 어머니가 하신가요?"

"오빠가 아빠 사업 물려받아서 운영하고 있어요. 어렸을 때 엄마가 병원에 있으니까 내가 오빠만 찾고 칭얼거려서 올케가 겉으로 내색은 하지 않아도 힘들었을 거예요. 신혼인 오빠 옆에서 잠을 자곤 했대요. 내가 충격이 컸었나 봐요. 기억도 나지 않는데 올케에게는 힘든 시간이었을 것 같아요. 엄마는 내가 쓸개 수술하고 얼마 지나지 않아서 돌아가셨어요."

"그래서 시어머니랑 사이가 좋은가 보군요. 엄마가 그리워서."

"그렇기도 하지만 아들 대신 돌봐드려야죠. 시어머니는 충격으로 치매가 빨리 왔어요. 자폐성 치매라서 대화도 안 돼요."

"아, 그런 치매도 있나요? 치매는 다 똑같은 줄 알았는데 그렇지가 않나 보네요."

정묵은 놀랐다는 듯 말했다.

"일방적으로 이야기를 하면 알아들을 때도 있고 전혀 딴 세상에 가 있는 것 같을 때도 있고 그래요. 대부분 하루 종일 혼자 중얼거리면서 방안을 손으로 문지르고 다니기만 해요. 아직 칠십도 안 되었는데."

진서는 눈물이 나오려는 것을 참으며 입술을 지그시 깨물었다. 가슴이 터질 것 같았다. 슬픔이 복받쳐 오르는 것이 벌써 눈에서 눈물이 그렁거렸다.

하얀 들판을 보면 외로움이 더 크게 밀려왔다. 시어머니는 가끔 아들 이름을 부르며 알 수 없는 말을 입속에서 중얼거렸다. 남편이 교통사고로 가버리고 진서가 힘들어할 때 시어머니는 치매 증상이 서서히 왔다. 시도 때도 없이 눈물을 닦고 있는 진서에게 시어머니는 나직나직한 소리로 자장가를 부르며 다독여 주었다. 진서를 며느리로 생각하기 보다는 젊은 시절의 아들로 착각한 것 같았다. 눈물로 세월을 보내고 있는 진서를 친정 올케가 정신과 치료를 받게 해주었다. 염치도 없었고 미안하기도 했지만 진서는 달리 붙잡고 도움을 청할 사람이 없었기에 친정에 의존할 수밖에 없었다. 직장을 가져도 될 만큼 좋아졌을 때는 시어머니의 증상이 아주 나빠져 있었다. 진서를 전혀 모르는 사람 같았다.

인생이라는 것이 그렇게 가벼운 것이었을까. 한순간에 생각하지도 못한 상황으로 곤두박질쳐서 허우적대는 것. 평탄하게 산다는 것이 얼마나 어려운가 알게 되었다. 지루할 것 같고 사는 의미가 없을 것처럼 느껴지던 평탄한 삶이 이제 그립다.

정묵은 갑자기 생각을 바꿔 진서를 데리고 면 소재지의 불고기 집으로 갔다.

"집에서 어머님이 기다리는데 빨리 들어가지 그러세요."

사양하던 진서가 저녁을 꼭 사주고 싶다는 정묵의 말에 알았다고 따라 주었다. 양념이 잘된 고기가 지글지글 소리를 내며 익어갈 무렵 진서가 술을 한 잔 하고 싶다고 했다. 정묵도 한 잔 하고 싶었지만 눈길 운전을 할 생각에 그만두었다. 진서는 말없이 술을 마시며 고기를 몇 점 먹었다.

"남자랑 단둘이서 술 마시는 거 참 오랜만이네요."

진서가 밥상에 팔꿈치를 괴고 술잔을 코앞에 들고 씁쓸한 눈으로 말했다. 순간 정묵은 진서가 참 짠하다는 생각이 들었다. 새파랗게 젊은 나이에 저토록 외롭게 자신을 방치할 수 있을까 안타까웠다. 반병쯤 술이 들어가자 진서는 취기가 오르는지 말이 많아졌다.

"고독의 색이 뭘까요. 흰색 같기도 해요. 눈 내리는 것을 바라보면 더 외롭다고 느껴지는 것을 보면 그런 것 같아요. 그런데 또 노란색일 것 같기도 해요. 빈센트 반 고흐의 그림을 비평가들은 격렬한 생명력이랄지 대지와 중력에 저항한다고 했지만 빈센트 그 자체는 엄청 고독한 사람이었잖아요. 물론 그 고독의 힘이 격렬한 생명력을 발산하게 했을지도 모르지만 노란색의 그림이 많았잖아요. 고독은 노란색일 것 같지 않아요?"

정묵은 진서가 술기가 올라 얼굴이 발그레하게 달아오르는 것을 바라보기만 할 뿐 색깔에 대해서는 마땅히 할 말이 없었다. 정묵은 빈센트 반 고흐에 대해서 그렇게 자세하게 아는 것도 없었고 굳이 고독을 색깔로 표현하면 어떤 색일 것인가 고민해 본 일도 없었다. 자신의 귀를 자르고 자화상을 그린 화가, 노란색을 많이 사용한 화가 그 정도밖에 모르는 채 이런저런 이야기를 하기가 어려웠다.

진서는 누군가와 이야기하고 싶었던 사람 같았다.

"요양병원에서 일하는 거 힘들지 않나요?"

정묵은 진서가 그다지 힘들어하는 기색이 없다는 것을 눈치챘지만 물어보았다. 진서는 어려운 질문이라도 되는 듯 한참을 골똘하게 생각했다.

"이렇게 생각하면 쉬워요. 한때는 삶의 활기가 넘쳤던 사람들이 풍선에 공기가 빠져나가듯 허무해져 버린 상태, 그래서 누군가 보살펴 줄 사람이 필요해진 상태 그런 식으로요."

"그 말이 더 어렵게 만든 것 같은데요."

정묵은 피식 웃으며 대답했다.

"우리 어머니도 그럴 것 같아요. 어느 순간에 희망을 잃어버리고 미래는 전혀 생각하지도 않고 아니 어쩌면 생각하고 싶지 않은지도 몰라요. 지나간 기억 속에서 살고 있어요. 밥 먹는 것도 잊어버리고 배설하는 것도 잊어버렸어요. 살아가면서 정신을 놓아 버릴 정도의 충격을 받지 않고 사는 사람들은 행운이라는 생각이 들어요. 예측할 수 없는 사고나 사건이 잘 살아가는 사람들을 전혀 다른 삶으로 변화시켜 버리거든요."

진서는 정묵이 데려다준 뒤 눈 쌓인 병원 운동장을 혼자 돌며 울었다. 초등학교를 노인병원으로 고쳐서 사용하고 있는 곳이었다. 아직 운동장에 새로운 건물이 들어서지 않아서 운동하기에는 좋았다. 환자가 나날이 늘어서 곧 운동장에 새로운 건물을 지을 것이라는 이야기가 나돌았다. 눈이 녹으면 운동장도 없어질 것이다.

눈이 쌓여 발목까지 쑥쑥 들어갔다. 사람이 다니는 길은 비질을 해서 햇살에 녹아 바닥이 드러났다. 눈에 발이 젖어 진서는 더 이상 운동장을 돌 수 없었다. 양말까지 젖어 발이 깨지는 것 같은 통증이 왔다. 우선 시어머니의 병실로 들어가서 양말을 벗고 발을 말렸다. 발은 좀처럼 따뜻해지지 않고 시렸다. 시어머니는 여전히 방 구석구석을 돌며 혼잣말을 중얼거렸다. 진서가 맨발인 채 시어머니 곁에 섰다. 방 구석구석을 쓸고 다니던 시어머니가 진서의 맨발을 만졌다. 따뜻한 손, 매일 바닥을 쓸고 다녀서 거칠어졌지만 정이 느껴지는 손, 순간 진서는 코끝이 찡했다.

"발이 차구나"

시어머니는 차가운 진서의 발을 부비며 매만졌다.

정묵은 진서에게 가끔 연락해서 저녁을 먹곤 했다. 결혼을 하지 않아도 만날 수 있다는 생각을 하면서 서로 부담이 없어졌다. 진서도 무료한 일상 속에서 가끔 정묵과 만나 특별한 대상이 아닌 그저 지나가는 사람에게 하듯 가슴 속에 쌓여 있던 이야기들을 내뱉어 버릴 수 있어서 좋아했다.

농사철에는 비가 내리는 날이라야 정묵이 시간을 낼 수 있었다. 비가 내리는 날이면 어김없이 진서에게 전화를 해서 저녁을 같이 했다. 정묵은 비가 내리면 쉬는 날이라서 좋을 테지만 진서는 힘들어할 때가 많았다. 날씨에 민감한 정서를 가졌나. 정묵은 가끔 진서를 떠올리며 그런 생각을 했다. 무엇인가 수심에 찬 듯한 진서의 표정이 문득 버겁게 느껴질 때가 있었다. 그런데도 무엇인가 중독된 듯 비가 내리거나 잠시 시간이 나면 진서에게 전화를 하곤 했다. 진서가 무슨 생각으로 정묵을 만나러 나오는지 가끔 궁금했지만 그것을 물어보면 다시 만나지 못할지 모른다는 생각이 들었다.

가을걷이가 한창일 때라 진서는 정묵을 자주 만나지 못했다. 농사짓는 일이 힘든 일이라는 것을 깨달았다. 비가 내려야 쉬지만 그렇다고 무작정 비가 내리기를 바라서도 안 되었다. 가을걷이를 할 때 비가 내리면 곤란했다.

어느 일요일 저녁에 진서가 정묵에게 전화를 했다. 일요일이어서 쉰다고. 정묵은 농사도 쉬는 날이 정해져 있어서 그 날은 일을 하면 안 되는 날이 있으면 좋겠다고 농담처럼 말했다. 며칠만 더 하면 대충 일이 끝날 것 같다고 그때 고기 집에서 한 잔 하자고 약속하고 전화를 끊었다.

며칠이 많이 지나고 비가 내려도 정묵은 연락이 없었다. 진서는 너무 바빠서 일하고 있는 사람에게 자꾸 전화하는 것이 미안해 마냥 기다리고 있었다. 진서는 늦가을 비가 몹시 내린 날 전화를 했다. 뜻밖에도 전화를 받은 사람은 그의 어머니였다. 정묵이 사고로 서울에 있는 병원 중환자실에 있다는 거였다.

진서는 깜짝 놀랐다. 어떻게 자신의 주변에는 이런 엄청난 일만 일어나는 것인지 마치 정묵이 자신을 만나 잘못되기라도 한 것 같은 생각으로 가책을 느꼈다. 나 때문이야. 재수 나쁜 나를 만나서 그런 거야. 진서의 동료들은 터무니없는 생각이라고 정묵의 사고는 정묵의 일일 뿐이라고 이야기했지만 진서는 듣지 않았다. '나한테 마가 낀 거야. 마귀가 나와 가까운 사람들은 모두 해치려 한단 말이야. 아빠도 그래서 일찍 뺏어가고 엄마도 그렇고 남편도 그랬어. 이제 정묵 씨랑 사이좋게 지내니까 마귀가 샘을 내서 뺏어가려는 거라니까.'

진서는 토요일이 되자 서울로 갔다. 정묵은 상상했던 것보다 상태가 훨씬 심각했다. 혼수상태는 아닌데 가끔 발작을 해서 뇌 상태가 점점 나빠져 가고 있었다. 서글서글하던 정묵의 눈만 휑하게 뚫려 있는 느낌이 들었다. 정묵은 진서를 알아보는지 눈물을 흘렸다. 간호사 이야기는 꼭 알아보아서 눈물을 흘리는 것은 아니라고, 그렇지만 알아보았을지도 모른다는 알쏭달쏭한 말만 했다.

정묵은 멀뚱멀뚱 왕방울 같은 눈을 굴리며 진서를 바라보았다.

"나 알아요?"

진서가 물어도 정묵은 멀뚱한 눈으로 잠시 바라보다 다른 곳으로 눈길을 돌려 버렸다. 처음 보는 사람처럼 무심한 눈길이었다.

무엇인가 폭삭 내려앉는 느낌이었다.

"나 때문인가요. 내가 마가 낀 여자라 그런 것일까요?"

진서는 정묵을 들여다보며 이야기를 했다.

"곧 눈이 내릴 텐데 그때 드라이브 시켜주기로 했었잖아요. 빨리 털고 일어나야죠. 기다릴게요. 정묵 씨 고향에서 기다리고 있을 테니까 꼭 털고 일어나서 돌아오기로 약속해요."

허탈한 상태의 날들이 계속되었다. 어린 시절 아빠의 죽음부터 진서를 압박해온 어두운 그림자가 늘 쫓아다닌다는 생각으로부터 헤어날 수가 없었다.

'무엇인가가 불행의 옷을 입고 나를 쫓아다니는 거야. 왜 나만 그러는 거야. 왜 나여야 하는 거지?'

정묵을 정상으로 되돌리기 위해 그의 어머니는 일 년 이상을 서울에서 보살폈지만 더 이상 차도가 없었다. 결국은 고향으로 돌아가자는 말이 나오기 시작했다. 진서가 근무하는 병원으로 정묵이 온다는 것은 이제 정상으로 되돌리기를 포기했다는 이야기나 마찬가지였다. 정묵의 가족들은 일 년 반 만에 고향으로 돌아왔다.

진서는 근무시간이 끝나면 정묵을 보살피며 많은 이야기를 했다. 시어머니는 여전히 자신의 세계에 갇혀 나오지 못했다. 온종일 병실 구석구석을 손으로 만지면서 혼잣말을 중얼거리는 나날의 연속이었다. 정묵은 간간이 소변이 나오지 않아 혈압이 올라가는 소동도 일어나고 발작을 해서 병원을 발칵 뒤집어 놓기도 했다. 그래도 진서는 정묵이 서울에 있을 때보다 표정이 밝아졌다. 모든 불행을 뒤집어쓴 사람처럼 어둡던 진서가 정묵을 보살피면서 생기를 찾아 주변 사람들도 더 이상 말리지는 않았다.

창밖에 눈이 내리고 있었다. 정묵을 만나고 벌써 세 번째 겨울이었다. 토요일이라 서류 정리를 끝내고 진서가 정묵을 줄곧 돌보고 있었다. 최근 들어 정묵의 엉덩이와 몸통에 물집이 잡혔다. 물집 때문에 목욕도 물수건으로 시켰다. 물집이 더 생겼는지 몸 곳곳을 살피고 굳어 버린 팔을 계속 폈다 오므렸다 운동을 시켰다. 뼈만 앙상한 정묵의 팔과 다리는 굳어 버릴 대로 굳어 억지로 펴면 인상을 찌푸렸다.

'이러다 갈 거야. 또 가버리면 나만 남겠지. 항상 남겨지기만 해. 무엇인가 남기고 떠날 수 있는 사람은 행복할 거야. 나는 남겨질 사람도 없는데. 너무 허무해. 참 허무한 인생이야.'

창문 너머 운동장에 쌓인 눈이 진서를 부르는 듯했다. '나와서 달려봐. 눈을 밟아봐. 발자국이 널 따라올 거야.' 손짓하며 속삭이는 것 같았다. 진서는 하염없이 창밖을 바라보기만 했다.

정묵의 다리 운동을 시키다 물집이 터져버리자, 간호사가 소독용 차를 몰고 급하게 달려왔다.

"이거 안 좋은 조짐이죠?"

  진서는 혼잣말하듯 물었다. 한참 소독을 하던 간호사가 문득 생각난 듯 진서를 불렀다.

"진서 샘, 오늘 토요일인데 약속 없죠?"

  진서가 고개를 끄덕였다.

"어차피 인생은 왔다가 가는 것이잖아요. 누구나 다 그러는 것인데요 뭐. 오늘은 눈도 내렸으니 커피 맛있게 하는 집에서 커피도 마시고 진서 샘에게 좋은 시간을 만들어 가면서 살아봐요. 그래야 죽을 때 후회도 없을 거 아녜요."

  진서는 고개를 끄덕이며 붙박인 듯 정묵을 바라보고 있었다.

봄날

봄은 천천히 왔다.

멀리 보이는 산방산은 옥황상제가 한라산 꼭대기를 떼어 던져 만들어진 산이라는 전설을 품고 있다. 전설처럼 산방산은 거대한 돌덩이가 어디선가 훅 날아와 생긴 것처럼 우뚝 서 있다. 나는 산방산을 볼 때마다 동화 속 어린 왕자가 본 보아뱀 생각이 난다. 마치 모자처럼 보이는 그림은 뱃속에 코끼리를 품은 보아뱀처럼 가운데가 약간 들어가 있다. 산방산과 형태가 다름에도 나는 늘 산방산을 보며 보아뱀 생각을 한다. 한라산 백록담 둘레와 둘레가 같다는 산방산은 워낙 큰 산이라 가깝게 느껴지지만 요양원에서 가려면 꽤 멀다.

요양원 뜰을 지나 길을 건너 넓은 밭을 지나 30여 분을 차로 달려야 산방산에 갈 수 있다. 요양원에 온 뒤로 산방산에 가보지 못했다. 그저 하루를 멀리 산방산이 보이는 창가에서 풍경으로 산방산을 대할 뿐이다.

몸을 틀어 창밖을 보다 바르게 앉자 남편이 옆에 서 있다.

"언제 왔어요. 시현이가 전화했던가요?"

남편은 말없이 서 있기만 한다.

"앉아서 산방산을 봐봐요. 가고 싶지 않아요? 저기서 당신이 사진을 많이 찍었잖아요."

내가 일어나 남편을 붙잡으려고 손을 뻗자 남편은 한 걸음 물러선다. 다시 붙잡으려고 걸음을 내딛자 남편은 성큼성큼 가버린다.

"가지 마요. 거기 좀 서 봐요."

나는 다리를 끌며 쫓아가다 활동실 모퉁이에서 남편을 놓치고 말았다. 허탈하게 창가로 돌아와 보니 이 씨가 언제나처럼 의자 옆에 쭈그리고 앉아 있다. 이 씨는 몸이 둥그렇게 굽어 의자에 앉는 것이 불편하다고 했다. 늘 의자 옆에 조용히 쭈그려 있어서 없는 듯했다. 이 씨는 무릎을 세우고 앉아, 양팔을 교차해서 턱밑에 받히고, 머리를 비스듬히 한쪽으로 기울여 무엇인가를 바라보고 있다. 침이 주르륵 흐른다. 이 씨는 침을 닦을 생각도 하지 않고 앉아 있다. 한쪽으로 비스듬히 고개를 기울이고 앉아 있는 이 씨는 무언가 몹시 그리운 사람 같다. 말을 건네려다 잠시 주춤한다. 이 씨의 그리움을 방해하고 싶지 않지만, 참지 못하고 그만 말이 튀어나왔다.

"내 남편 봤어요?"

이 씨는 한쪽으로 고개를 기울인 채 천천히 도리질을 한다. 이 씨는 얼굴이 많이 틀어졌다. 입도 잘 맞지 않아 침을 흘리고 발음도 정확하지 않다. 눈도 한쪽 눈이 움직이지 않아서 눈을 뜨면 한쪽 눈만 위로 치떠져 심한 짝눈이다.

나는 편마비가 왔지만 재활치료를 열심히 해서인지 얼굴이 틀어져 보이지 않는다. 발음도 정확해서 사람들이 내 말을 알아듣지 못하는 일이 없다. 말은 잘 하지만 뇌졸중이 온 이후로 사람들과 이야기하는 시간이 별로 없다보니 혼자서 말하는 습관이 생겼다.

산방산에 봄이 오고 있는 모양이다. 눈에 띄지 않을 정도로 천천히 색이 변하고 있다. 산 아래 바다가 보이고, 밭 가장자리에 구멍이 숭숭 난 돌멩이로 담을 쌓은 밭 가장 자리에 유채가 노랗게 피어올랐다. 노란 유채꽃 사이로 구멍 숭숭 뚫린 현무암 담장으로 찬바람이 숭숭 빠져나가는 것 같다. 시린 내 뼛속처럼. 밭 가운데 무덤은 누구의 무덤일까. 무덤 주변으로도 돌담이 쌓여있다. 마치 죽은 자는 절대로 밖으로 나오지 말라는 듯. 아직 봄이 오지 않은 때문인지 지난 가을 당근을 뽑아낸 밭은 농작물이 아닌 잡초가 파랗다. 풀마다 이름이 있을 터인데, 수확을 위해 심은 농작물이 아니란 이유로 그저 잡초일 뿐이다. 아니, 제 자리를 찾지 못했기 때문에 잡초겠지. 봄이 오면 잡초 먼저 뽑혀 나갈 터이다.

안개라도 끼는 날에는 산방산은 물론 밭 주변도 보이지 않아 으스스 한기가 오면서 외진 곳에 갇힌 느낌이다. 말 그대로 요양원은 고립된 섬이다. 날씨가 좋다고 아무 때나 밖에 나갈 수 있는 것은 아니지만, 안개 낀 날의 고립감에 비하면 햇빛이 더 그리울 수밖에 없다. 그리움이 삶의 전부인 듯.

씩씩하게 요양원 문을 열고 나가 밭을 지나 바다에 이르고 산방산 꼭대기에 오르고 싶다. 걷고 싶은 곳을 걸을 수 있다는 것은 얼마나 자유로운가. 자유가 그립다.

커다란 유리창 옆에 초라한 의자 세 개가 놓여있다. 나는 시간 날 때마다 이곳에 앉아 밖을 바라본다. 사실 내게 넘쳐나는 것은 시간뿐이다. 창밖은 늘 같은 풍경처럼 보이지만 날마다 조금씩 다른 기운을 준다. 아주 천천히 봄이 오고 있다. 보아뱀의 느린 몸짓처럼.

햇볕이 따뜻해 보여 창문을 열자 바람이 몹시도 쌀쌀맞게 눈을 흘겼다. 바람 끝이 차다.

"감기 걸려요."

지나가던 요양보호사가 문을 닫아 버린다. 봄이 얼른 왔으면 좋겠다. 봄이 오면 남편과 함께 산방산에 가서 사진을 찍을 것이다.

나는 여행을 좋아했다. 혼자 덜커덩 덜커덩 소리를 내며 흔들리는 기차를 타고 돌아다니기를 좋아했다. 몸이 흔들리면서 덜커덩 소리를 내는 기차와 박자가 맞아 신이 났다. 사람들이 기차에 올라 자리를 찾으려고 기웃댈 때, 기차가 흔들려 술 취한 사람처럼 비틀거리며 좌석 등받이를 잡고 걸어가는 기차 안 풍경도 재미있었다.

나는 요양원 활동실에서 발을 질질 끌며 걷는다. 몸이 성한 사람들에게는 그다지 넓게 느껴지지 않은 요양원 활동실이, 뇌졸중이나 노인성 병 때문에 똑바로 걷지 못하는 노인네들에게는 작은 운동장 정도로 넓게 느껴진다. 활동실을 한 바퀴 도는데 한 시간 넘게 걸린다. 나는 뇌졸중으로 편마비가 와서 오른쪽 다리를 약간 끌며 걷고 있다. 나는 한창 때인 오십대 중반에 건강을 잃었다. 혼자 아들을 키우며 아들만 바라보고 사는 바람에 나는 나를 제대로 돌보지 못했다.

　요양원을 어슬렁거리다 산방산이 보이는 창가 의자에 앉아 먼 바다를 바라본다. 요양원을 돌아다니다 더 이상 걷기 힘들 때 이 의자에 앉아 쉬면서 많은 생각을 한다. 양말 속에 무엇인가 들어갔는지 자꾸 밟혀 불편하다. 의자에 앉아 실내화를 벗고 양말을 벗어 뒤집는다.

　그때는 신발이 말썽이었다. 간호학과 3학년 중간고사가 끝난 주말, 광주역에서 여수행 표를 샀고 기차를 탔다. 기차가 움직이고 얼마 지나 도시에서 벗어나자 들판이 나왔다. 휙휙 지나가는 나무들이 까르르 까르르 웃어대는 들판이 좋았다. 기차 차창에 얼굴을 바짝 대고 앉아 까르르 웃으며 지나가는 나무들을 보내고 또다시 맞으며 덩달아 웃었다. 자꾸만 웃어대며 지나치는 나무는 여수역에 도착할 때까지 나를 즐겁게 했다. 오동도에 가기 위해 버스를 갈아탈 때까지도 신발은 멀쩡했다. 오동도 입구에서 내렸다. 얼마간 걸어가야 했지만 걷기는 자신 있었다. 걷기를 좋아해서 어지간한 거리는 걸어 다녔다. 특히 비가 내리는 날은 걷고 또 걷고 하루 종일 걸었다. 걸으면서 무슨 생각을 했을까. 생각은 걷잡을 수 없이 많았지만 어느 것도 현실과 나란히 할 수 없는 생각들뿐이었다. 그래서 더 많이 걸었다. 마치 그 생각의 끝을 보고야 말겠다는 듯. 지금도 그때처럼 걷고 싶다. 마음대로 걸을 수 있다면.

오동도 입구에서 내렸다. 처음 오는 곳에 대한 호기심이 많다 보니 여기저기 둘러보며 걸었다. 여느 관광지 초입과 별다를 것이 없었다. 무엇인가 특별한 것이라도 발견하지 않을까 하는 기대감으로 두리번거리며 걷다 신발에 뭔가 걸렸다. 발치가 몹시 아팠다. 간신히 중심을 잡고 아픈 발을 들었더니 신발 앞쪽 코가 벌어졌다. 발을 들면 입을 벌리는 것처럼 신발 밑창이 약간 벌어졌다. 그 자리에 서서 우선 신발 가게가 있는지 둘러보았다. 그냥 돌아가야 할지 잠시 생각했다. 발을 조심스럽게 들어보니 조심하면 오동도는 구경할 수 있을 것 같았다. 모든 신경을 발끝에 집중해서 걷느라 주변을 돌아볼 수 없었다. 어느새 다리를 건너 오동도까지 갔다.

바닷물을 가까이에서 보기 위해 갯바위를 걸으면서 신발 밑창에 대해 깜박 잊어버렸다. 갯바위는 울퉁불퉁한 데다 미끄러웠다. 미끄러져 비틀대느라 신발 밑창은 더 많이 벌어지고 말았다. 발을 들면 신발 밑창이 쩍 벌어져 더 이상 걷기가 힘들었다.

바위에 걸터앉아 바다를 바라보고 있었다. 버스 타는 곳까지 다시 걸어갈 일이 너무 암담했다. 일어나기 싫었다.

신발을 어떻게 해야 버스 타는 곳까지 사람들 눈에 띄지 않고 잘 갈 수 있을지 한숨만 나왔다. 바다를 바라보고 있지만 바다가 눈에 들어오지 않았다. 오로지 버스 타는 곳까지 어떻게 가느냐가 문제였다.

그때 남자가 다가왔다. 그는 환하게 웃으며 사진을 찍어 달라고 했다. 왜 하필 나한테. 천천히 일어나 그들이 이미 사진을 찍기 위해 죽 둘러 서 있는 곳에서 거리를 맞추기 위해 발을 질질 끌며 다가가 사진 몇 장을 찍어 주었다. 여자 두 명과 남자 대여섯 명이 고맙다고 했고, 사진을 찍어 달라던 그는 내 사진도 찍어 주겠다고 했다. 그러지 않아도 되는데. 신발 때문에 미치겠는데. 나는 밑창이 벌어진 신발을 감추기 위해 발을 갯바위에 붙이고 서서 사진 찍기를 기다렸다. 그가 셔터를 누르자 바로 갯바위에 앉아 버렸다.

"다리가 불편하신가 봐요."

"네?"

아! 순간 남들 눈에는 내가 장애인으로 보였다는 것을 깨달았다. 굳이 아니라고 하고 싶지 않았다. 신발 밑창에 대해 처음 본 그에게 설명하고 싶지 않았다. 차라리 장애인이라고 오해하는 쪽이 더 편했다. 그는 갯바위에 앉아 있는 나를 방향을 바꿔가며 사진을 찍어 주고, 고마웠다며 주소를 가르쳐 달라고 했다. 지금 그 상황이라면 나는 장애인이 아니라고 신발 때문이라고 해명할 것 같다.

양말 속에는 실 찌꺼기 몇 개가 뭉쳐 있다. 요양원에서는 내 양말이 정해져 있지 않다. 팔십 몇 명의 의복에 일일이 이름을 써 붙여서 찾아주기 어려울 것이다. 나는 겉옷만 요양보호사한테 부탁해서 찾아 입고 있다.

양말을 털어 다시 발에 끼고 일어난다.

내 방을 향해 걸어간다. 6인실에 있는 침대 하나가 내 인생의 전부다. 수많은 사연과 침대 하나 차지하고 살아가는 요양원은 지루한 삶의 연속이다. 나는 오십대 중반에 요양원에 왔는데, 환갑이 지난 지 몇 해 되었다. 인생은 육십부터라고 하지만 지랄 같은 소리다. 처음엔 편마비가 온 내 현실을 인정하지 못했다. 뇌졸중으로 입원한 병원에서 틈만 나면 울었다. 별것도 아닌 일을 과장해서 소리 지르고, 병원 직원들에게 따지고 추궁했다. 닥치는 대로 물건을 내던지기도 했다. 굶기도 했다. 굶은 지 하루가 지나자 간호사가 스테인리스강으로 된 카를 밀고 와서 내 침대에 걸터앉았다.

"계속 굶으시면 콧줄을 삽입할 거예요. 손으로 잡아 빼면 안 되니까 손도 묶을 거예요."

간호사는 손을 묶겠다고 한 뒤 말없이 앉아 있었다.

"가만히 있어도 언젠가는 다 죽어요. 죽으려고 발버둥치지 않아도 죽어요. 안 죽으려고 살아보려고 별짓을 다해도 죽을 거라구요. 옆에 환자처럼 콧줄 꽂고 두 손 묶여서 살다 죽을래요? 그냥 편하게 살다 죽을래요?"

간호사의 말이 맞다. 그동안 내가 해 왔던 일이기도 하다. 내가 환자에게 급식용 레빈 튜브, 흔히 말하는 콧줄을 끼울 때와 내 코에 간호사가 레빈 튜브를 꽂는 것은 너무나 달랐다. 내 오른쪽 병상에 누워있는 여자는 지금 양손이 침대 난간에 결박되어 있다. 손이 결박 되어서도 계속 혀로 밀어내어 콧줄을 빼버렸다. 그때마다 피곤해 보이는 간호사들이 어깨가 축 처진 채 들어와서 빼줄 때까지 제멋대로 빼지 말라며 콧줄을 다시 꽂았다. 콧줄을 꽂는 간호사도 콧줄이 꽂히는 환자도 힘들긴 마찬가지다.

생산성을 잃어버리고 타인에게 의지해야만 살 수 있는 삶은 어떻게 살든 가치 없기는 마찬가지였다. 죽고 싶어 하는 내게 간호사는 건조한 목소리로, 너무도 담담한 어조로 말했다.

"굶어 죽는 것은 어림없어요. 대한민국에서는 절대로 굶어 죽게 내버려 두지 않아요."

나는 결국 밥을 먹을 것이고 성질도 부리지 않겠다는 약속을 하고 말았다. 약속은 했지만 재활치료를 받는 동안 여러 번 변덕을 부려 성질도 부리고 굶기도 해서 결국 콧줄을 꽂고 연명하기도 했다. 병원에 입원할 수 있는 기간이 지나자 무조건 퇴원을 해야 했다. 서울에서 일하는 아들이 연차를 내고 제주도에 있는 병원에 왔다.

"엄마, 서울에 있는 요양원이 좋을까요, 제주도에 있는 요양원이 좋을까요?"

아들이 나를 요양원에 보낼 의지가 확고한데, 서울인지 제주도인지 선택하라는 말로 들렸다.

"나는 너랑 살고 싶어."

"그것은 어려워요. 집이 원룸인데, 두 사람 살기에는 너무 좁아요. 그리고 엄마 병수발도 해야 하는데 저는 자신 없어요. 엄마는 서운하게 들리겠지만 억지로 같이 살다 힘들 대로 힘들어지는 것보다 지금 요양원 선택하시는 게 더 좋을 것 같아요."

"내가 너를 어떻게 키웠는데, 네가 나를 요양원에 보낸다고?"

남편이 세상을 떠났을 때 아들은 일곱 살이었다. 나는 서른아홉에 다시 요양병원에서 일을 시작했다.

병원장은 칠십 넘은 할아버지 의사였는데 귀가 잘 들리지 않았다. 칠십이 넘어서 일을 할 수 있는 것만으로도

대단하다는 생각을 그때는 하지 못했다. 병원장은 오전 진료가 끝나면 진료실에서 포르노를 보곤 했다. 그렇지만 나를 가장 배려해주는 사람이기도 했다. 나보다 어린 수간호사가 모든 일을 나에게 미루는 것을 알고 있는 병원장은 진료를 보다가 환자가 없을 때면 내 걱정을 하곤 했다.

"그렇게 혼자 모든 일을 다 하면 쓰러져요. 수간호사한테 나눠서 일을 하자고 해요."

"저도 그러고 싶은데 만날 수가 없어요. 아침에 환자들 밀려와서 약 짓느라 바쁜데, 수간호사가 달랑 인사만 하고 어디론가 없어졌다가 퇴근할 때 나타나서는 후다닥 가버리니 그런 이야기 할 수가 없어요."

병원장은 안타까워했다. 그러다 쓰러지면 나만 손해라고.

"수간호사에게 일을 시켜요."

"병원의 위계질서가…… 저도 마음 같아서는 몇천 번 그러고 싶어요. 정말 쓰러질 것 같아요. 퇴근 시간이 다가오면 다리에 힘이 풀려요."

병원장과 수간호사의 흉만 봐도 힘이 생기는 것 같았다. 나이 어린 수간호사에게 말도 못하고 혼자 정신없이 일하는 것이 두 달이 넘어갔다.

"웃기는 병원이야."

아침에 얼굴 보이고 하루 종일 볼 수 없던 수간호사가 나타나 한 마디 툭 내던졌다.

"뭐가 웃겨요?"

나는 여전히 약병을 찾으며 대꾸했다.

"나는 이렇게 엉망진창인 병원은 처음 봤어."

수간호사는 일을 덜어줄 생각은 않고, 여전히 반말로 불평을 늘어놓았다.

"나도 이렇게 큰 병원에서 혼자 일을 할 줄은 몰랐어요."

나는 체념한 듯 말했다.

"그거 나 들으라고 하는 말이야? 내가 약 지어야겠어? 내가 혈압 재고 다녀야겠냐고. 전부 샘이 할 일이잖아."

나는 약을 짓다 말고 수간호사를 돌아보았다.

"그래요. 엉망진창인 이유 가운데 수샘도 한 역할 한다는 거 몰랐어요? 직원이 부족한데 이사장한테 간호사 인력을 충원해주라고도 안 하잖아요. 수샘은 일 안 하고 나 혼자 이 병원 일 다 하잖아요."

나는 맺혔던 감정을 쏟아냈다. 그만두면 되지. 설마 병원이 여기뿐일까. 그때 진료실에서 병원장이 나를 부르는 소리가 들렸다. 말 나왔을 때 나도 뭔가 결단을 내리고 싶은데, 하필 이런 때 부르다니. 나도 모르게 다리에 힘이 들어가 쿵쿵거리며 진료실에 갔다.

진료실에 들어가자 병원장이 활짝 웃었다.

"이제 고생 덜하게 되었어."

"예? 무슨 말씀이세요?"

나는 병원장이 무슨 말을 하는지 알아듣지 못했다.

"수간호사가 오늘 해고되었어. 같이 이야기할 필요 없어.
그래서 내가 부른 거야."

수간호사가 해고된 일은 내가 하는 일에 아무런 영향도
주지 못했다. 단지 불공평하다는 불만이 없어졌을 뿐이었
다. 그동안 편하게 지냈던 수간호사는 병원 떠나는 게 싫
은 눈치였다. 수간호사가 해고되었어도 여전히 일이 많았
다.

"너 키우려고 얼마나 고생했는데 그럴 수가 있니?"

"엄마, 그건 당연한 거잖아요. 낳았으면 키우는 거야 당
연한 거 아니에요?"

"내가 너를 어떻게 키웠는데……"

"엄마. 제가 만약을 위해서 서울에 있는 요양원과 제주
도에 있는 요양원 두 곳을 알아두었어요. 엄마는 나이가
젊어서 자부담이 많이 들어요. 그런데 재활치료가 어느
정도 효과가 있어서 혼자 움직일 수 있잖아요. 그래서 자
부담이 덜 들도록 이야기를 했어요. 저는 서울이 더 좋아

요. 엄마한테 쉽게 올 수 있으니까요. 그래도 엄마가 선택하는 것에 따를게요."

아들의 의지는 확고했다. 내가 혼자 저를 키운 것 정도는 당연한 것으로 받아들였다. 나는 서울이 싫었다. 조금 걷다 보면 바다가 보이고 눈만 돌리면 산이 보이는 제주도가 좋았다. 하지만 아들 곁에 있고 싶었다.

여수역에 도착하자마자 신발 집에 가서 신발을 쓰레기통에 집어 던졌고 그날 일을 떠올리지 않으려고 했다.

여수를 다녀온 지 2주일쯤 지났을 때 사진이 배달되었다. 쩍쩍 벌어지는 오른쪽 신발을 들키지 않으려는 듯 힘주어 발을 딛고 왼쪽 다리의 힘을 풀고 서 있는 사진이었다.

"네모 속 모습이 참 아름답습니다."

나는 내 모습이 정말 아름다운지 사진을 다시 들여다보았다. 한쪽 다리를 지나치게 힘주어 딛고, 반대쪽 다리는 축 늘어뜨린 모습이 아무래도 자연스럽지 않았다. 아름답다는 말이 과장처럼 느껴졌지만, 사진을 들여다보며 웃었다. 이런 모습도 아름다울 수 있구나 하면서.

"불편한 다리로 사진 찍어 주셔서 고맙습니다. 답장 꼭 해주세요. 기다리겠습니다. 지영호 드림."

불편한 다리를 감수하고 있는 모습이 아름답다니. 내 모습을 다시 들여다보면서 불편한 다리를 가진 사람을 아름답다고 말한 그가 아름다운 마음을 가진 사람이라고 생각했다. 다시 돌이켜보니 시원스러운 그의 큰 눈이 자꾸 떠올랐다. 그 이외의 모습은 아무리 머리를 쥐어짜도 생각나지 않았다. 더 자세히 보아 둘 걸 후회도 되었다.

나는 당장 그에게 편지를 썼다. 다음날 편지를 부치려고 읽어보니 아무래도 내용이 마음에 들지 않았다. 강의 시간에 편지만 썼다. 읽어보고 마음에 들지 않아 또다시 쓰고, 결국 하루 종일 편지만 쓰다 집으로 돌아와 다시 편지를 썼다. 다음날 학교에서 편지를 읽어보면 또 마음에 들지 않았다. 일주일을 그렇게 썼다 버리고를 반복하며 편지를 보내지 못했다.

"사진 잘 받았어요. 보내주셔서 고맙습니다. 건강하게 잘 지내세요."

편지는 짧고 간결하게 썼으면서 답장을 기다렸다. 편지가 도착했을 것 같지도 않은데 벌써 답장이 도착하기를 바라고 있었다. 그가 편지를 쓸 때 어떻게 쓰는지 몰라도 상당히 빨리 답장이 왔지만, 나는 답장 쓰는 데 일주일 정도 걸렸다. 썼다가 버린 것만 모아도 책 한 권 분량이 될 정도로 몇 번을 쓰고 또 썼다.

그는 여수 태생인데 직장 때문에 대구 근처 구미에서 살고 있었다. 잘 돌아다닌다는 나였지만 쉽게 가볼 수 있는 곳은 아니었다. 광주에 사는 내가 경상도를 혼자 돌아다니기에는 어려운 시기였다. 지역감정이 심해 전국 어디를 가든 말을 하는 순간 사람들이 '전라도 사람이네'라고 했다. 전라도 사람이네, 속에 들어 있는 지역 비하의 감정이 고스란히 묻어났다.

겨울방학을 앞두고 편지를 받았다. 내가 보고 싶으면 사진을 본다는 내용이었다. 그가 그리웠다. 나는 또 며칠을 쓰고 지우고 하다를 반복하다가 편지를 보냈다.

"날씨가 많이 쌀쌀해졌어요. 그동안 잘 지내셨나요? 겨울방학이 머지않았어요. 요즘 시험 공부하느라 놀러 다니지 못하고 있어요. 늦봄의 여수는 제게 많은 생각을 하게 했어요. 영호 씨 사진 한 장 보내 주세요. 안녕."

그는 직접 만나서 사진을 전하고 싶다는 편지를 보내왔다. 드디어 만날 수 있다는 사실은 마음을 들뜨게 했다. 마음은 이미 그를 만났고 만나서 무엇을 할지 허둥거리고 있었다. 날짜를 정하고 장소를 정하는 편지가 오고가는데 한 달이 걸렸다. 나는 머리를 짧게 해볼까, 웨이브를 넣어볼까 별별 궁리를 하면서 지루하게 기다렸다. 기대와 설렘으로 약속한 여수역에 갔다. 그의 고향이기도 하고 여수에서 만났기 때문에 여수역을 선택했다.

그는 나를 보고 깜짝 놀랐다.

"다리 괜찮으세요? 잘 못 본 줄 알았어요."

"아, 사실은 다리가 불편했던 것이 아니고 신발이 문제였어요."

"신발 때문에 다리를 끌었어요?"

그가 믿어지지 않는다는 표정으로 물었다.

"갑자기 신발 밑창이 떨어져서 끌고 다녔어요. 밑창이 벌어져서 창피했거든요."

"그때 말을 하지 그랬어요. 하긴 처음 본 사람에게 그런 말하기 어려웠겠네요."

그와 나는 어느새 많이 가까워졌다. 여수역에서 만난 이후에도 계속 편지가 이어졌다.

"한 달 뒤 삼일 연휴가 있는데 그때 제주도로 여행갈까요?"

대학을 졸업하고 종합병원에서 근무할 때 그가 제안했다. 그의 제안에 나는 솔깃해서 일정 신청을 했다. 제주도 여행을 가서 그는 사진을 많이 찍었다.

"여기서 살고 싶어요. 정말 좋아요."

내가 하는 말에 그도 맞장구쳤다.

"우리 제주도에서 살까요?"

제주도 여행을 다녀온 뒤 우리는 결혼을 서둘렀다. 제주
도에서 신혼살림을 차렸다. 그가 사진관을 차렸고 나는
사진관 일을 돕거나 집안일을 했다. 사진관은 뜻밖에도
잘 되었다. 아들을 낳아서 키우며 나는 행복했다. 아들이
일곱 살 때 남편은 사고로 목숨을 잃었다. 나는 갑자기
아들을 혼자서 키워야 했다. 혼자 사진관 운영을 할 수
없어 처분하고, 요양병원에 취업했다. 아들은 대학을 서울
로 가더니 그곳에서 직장까지 구해 정착해 버렸다.

 아들 곁에 있고 싶었다. 남편과의 추억이 서린 제주도를
떠나 서울에 있는 요양원에 입소했다. 아들은 처음에는
한 달에 한 번씩 면회를 오더니 반 년쯤 지나면서 얼굴
보기가 어려워지기 시작했다. 아들에게 여자친구가 생기
면서 더욱 면회를 오지 않았다.
 나는 차라리 내가 너무 멀리 있어서 아들이 못 오는 것
을 선택하고 싶었다. 아들에게 제주도로 보내달라고 했다.
결국 서울에 있는 요양원에서 3년 동안 지내고 제주도로
오고 말았다.
 제주도 요양원에서 창문 너머로 바다를 바라보고, 구멍
뚫린 돌담을 바라보고, 눈이 부신 햇살을 바라보면서 지
나간 추억들을 그리워한다.

내 곁을 지나가는 시간이 밉다. 시간은 그냥 흘러가 버린다. 내가 미친 듯 발광하면 발광하는 시간인 채 흘러가고, 울며 한탄하면 또 그렇게 흘러간다. 나는 몸이 멀쩡한 사람들을 질투하며, 질투에 몸을 떨며 시간을 떠나보내기도 한다. 제주도 요양원에 온 뒤 많이 온순해졌지만 아주 가끔 내 현실이 답답해서 미칠 것 같으면 울컥증이 올라오기도 한다.

 내 머릿속이 점점 이상해지고 있다고 한다. 나는 그걸 전혀 느끼지 못하고 있지만 요양보호사들이 섬망이 어떻다는 둥 내 머릿속이 비정상적으로 변하고 있다고 한다. 이제는 나 몰래 요양보호사들끼리 눈짓으로 신호를 보내는 것 같다.

 남편을 붙잡으려다 놓친 날이면 허우적거리며 걸어 다닌다. 좀비처럼 초점이 맞지 않아 멍해 보이는 눈빛으로 미세하게 흐느적이며 돌아다닌다. 남편은 연락도 없이 나타나곤 했다. 지나간 날을 붙잡아 보려고 하면 잡힐 듯하지만 더 멀리 가버린다. 발을 끌며 돌아다니다 창가에서 멈춘다.

 무릎에 양팔을 얹고 그 위에 머리를 비스듬하게 기울이고 앉아 있는 이 씨를 만난다. 나는 이 씨가 무슨 생각을 골똘히 하는지 궁금해 옆에 앉아 뭐하냐고 물어본다. 이 씨가 대답을 하지만 알아들을 수 없다. 중간중간 알아들을 수 있는 낱말이 들려오면 종합해서 무슨 말인지 추측해서 내 마음대로 해석한다.

"그 사람 얼굴 자세히 봤어요?"

이 씨가 천천히 머리를 좌우로 흔든다. 이 씨가 흐르는 침을 옷소매로 닦아낸다. 편마비가 심하게 온 사람들은 얼굴이 참 못생겨 보인다. 사람 얼굴이 나이 먹으면 다들 쭈글쭈글하고 주름이 생긴다. 주름 속과 피부색이 다를 정도로 깊은 골이 생긴다. 그런 얼굴이 틀어지면 추상화 같다. 특히 편마비가 심한 사람이 말을 하면 얼굴이 한쪽만 움직이기 때문에 보고 있는 사람 마음이 더 불편해진다. 위를 쳐다보면 한쪽 눈만 위로 올라가고 한쪽 눈은 그대로 있다. 이 씨가 노래를 부른다. 노래를 부르며 위를 보고 있는 이 씨의 한쪽 눈이 커져있다. 가사는 알아들을 수 없지만 멜로디는 아는 것 같아 따라서 흥얼거려본다. 이 씨가 찡그린다. 아마 내가 흥얼거린 노래가 이 씨가 부르던 노래와 다르기 때문일 것이다. 나도 이 씨의 옆에 앉아 머리를 비스듬히 기울이고 먼 곳을 바라본다. 이 씨의 그리움은 보이지 않고 내 그리움이 발돋움하며 기웃댄다.

이 씨 옆에 앉아 노래를 흥얼거리고 있는데 활동실이 술렁댄다. 빨리 간호사를 부르라는 소리도 들려온다. 나는 천천히 일어나서 사람들이 모여 있는 곳으로 갔다. 사람들 틈 사이로 누군가 누워서 바들바들 떠는 모습이 보인다. 간호사가 달려와 119에 전화하라고 소리친다. 그사이 쓰러져 있는 사람의 모습이 선명하게 보인다. 발작을 일으키는 것 같다. 빨리 설압자로 혀를 눌러 주어야 할 텐데.

"설압자, 설압자를 가져와야 해."

다들 발작 일으킨 사람에게 시선이 향해 있어서 내 말을 듣지 못한다.

그때 하필 내가 쉬는 날 일이 터졌다. 모처럼 마음 편하게 쉬고 저녁 무렵 수간호사를 만나려고 간호사실에 갔다. 수간호사가 빵을 좋아하기 때문에 저녁으로 먹을 빵을 사서 콧노래를 흥얼거리며 갔다. 병원은 썰렁했다. 일요일 오후면 원장실에 앉아 노트북을 쳐다보던 원장도 보이지 않았다. 유리 스포이드가 플라스틱으로 된 머리만 남은 채 나뒹굴고 있었다. 진료실이 무언가 심상치 않아 보였다. 머리만 남은 유리 스포이드를 집어 들고 이걸 도대체 어디에 사용했는데 깨졌을까 생각하고 있는데 원무

과장이 나타났다.

"난리 났어요. 병원장도 그만두고 수간호사도 그만뒀어요. 두 사람이 대판 싸웠어요."

싸웠으면 싸웠지 왜 두 사람이 동시에 그만두는 것인지 이해되지 않았다. 대판 싸웠다는 말만 하고 사무실을 향해 가는 원무과장을 따라갔다.

"누가 누구하고 싸웠다는 거예요?"

원무과장이 한숨을 길게 쉬었다.

"왜 싸웠는데요, 싸운 이유가 뭔데요?"

"엊그제 입원한 환자 때문에요."

"그러니까 그 환자가 뭘 했는데 직원들이 싸운 거예요?"

"그 환자가 발작을 일으켰어요. 수샘이 설압자를 찾으니까 원장님이 유리 스포이드를 가져와서 환자 입에 넣으려고 했죠. 수샘이 유리 스포이드를 입에 넣으면 어떻게 하냐고 휙 집어 던져 박살났고, 원장님이 부르르 떨었고, 수샘이 의사 맞냐고 따지고, 원장님이 다시 한번 부르르 떨었고, 진료실로 오라고 소리쳤어요. 수샘이 환자한테 진정제 투여하고 호전되니까 진료실로 쫓아가서 의사협회인가 어디에 글 기고해서 다시는 진료 못하게 할 거라고 소리지르고, 원장님은 지금 협박하냐고, 간호사가 의사에게 무슨 짓을 하냐고 하면서 정말 시끄러웠어요. 참 잘 싸우데

요. 실컷 싸우더니 둘 다 그만둔다고 짐 싸서 가버렸어
요."

"그래도 그렇지 아무리 급하다고 유리 스포이드를 발작
하는 사람 입에 넣으려고 했을까요. 수샘 성질에 그냥 넘
어갈 문제는 아니었네요."

결국 간호사와 의사가 싸우고 그만두자, 병원에 남은 나
만 힘들었다.

유채꽃이 활짝 피어 유채꽃 핀 곳이 노란색 도화지를 펼
쳐놓은 것 같다. 미세먼지가 뿌옇게 뒤덮어 노란색 도화
지가 잘 보이지 않는다. 바깥이 희미하다. 내 지난날처럼
희미한 창밖을 눈을 부비며 바라본다. 어떻게든 보고 싶
다. 무엇이든 상관없다. 아무것이나 볼 수 있으면 그냥 보
고 싶다. 창 너머 풍경은 안개 걷히면 선명하게 모습을
보이지만 내 삶은 미세먼지 속 같기만 하다. 그렇게 보려
던 것을 못 보면 천천히 걸어서 내 방 쪽으로 간다. 방
문 앞에 남편이 서있다. 젊고 활기찬 모습이다.

"사진 많이 찍었어요? 좋은 작품이 나왔으면 좋겠어요."

남편은 씩 웃더니, 말없이 돌아선다.

"왜 자꾸 도망가요? 젊은 여자하고 눈이라도 맞았나 봐.
내가 다리를 끌고 다녀서 그래요? 처음 만났을 때 다리가

불편해도 아름답다고 했잖아요."

나는 남편을 잡으려고 팔을 뻗었다. 남편은 어느새 한걸음 뒤로 물러서 있다. 약이 바짝 오른 나는 소리를 질렀다.

"거기 서 봐요. 왜 자꾸 도망가는 건데. 거기 서요."

다리를 끌며 의자 있는 곳까지 남편을 쫓아갔다. 의자 옆에 이 씨가 얼굴을 괴고 앉아 있다.

"좀 잡아주지 않고 앉아만 있었어요? 다음에는 내 남편이 도망가면 꼭 좀 잡아줘요."

"잡지 마."

이 씨의 대답에 화를 참지 못하고 나는 이 씨의 머리를 내리쳤다. 그때 요양보호사가 안 돼요, 소리치며 달려왔다. 남편에게는 아무리 큰 소리로 말해도 들은 척도 않고 쳐다보기만 하더니.

점심을 먹고 목욕하는 날이라 돌아다니지 말라고 한다. 휠체어에 구부정하게 굳은 노인들을 태워서 한 줄을 만들어 놓는다. 목욕실 앞에는 평상이 놓여 있고 평상 위에 옷과 수건이 쌓여 있다. 활동실 쪽으로 파티션을 가로로 늘어놓아서 목욕하는 사람들을 볼 수 없도록 가려 두었다. 나는 내 스스로 걸을 수 있어서 일찍 목욕을 마치고 몸을 말린다. 요양보호사 팀장이 간호사에게 빨리 오지 않는다고 성화다. 어르신들 목욕 끝나서 옷 입혀야 하는데 빨리 와서 보라고 한다. 혹시 있을지 모를 욕창이나 피부 상태를 확인하라는 것이다. 그래서인지 물기를 닦았는데도 옷을 줄 생각을 하지 않는다. 늙은이들 옷 벗겨놓고 뭐해? 결국 한 할머니가 볼멘소리를 한다.

"어르신 조금만 기다리세요. 간호사가 와서 피부 검사하고 연고 발라줄 거예요."

"나는 필요 없어. 가렵지 않아. 남편이 기다리고 있을 거야."

나는 옷을 주섬주섬 주워들고 입었다.

"아, 가렵다고 하면 안 돼요. 가려운데 약도 발라주지 않았다고 떼쓰면 안 돼요."

요양보호사가 웃음을 물고 이야기한다.

"왜 웃어? 필요하면 주라고 할게."

나는 큰소리치고 방으로 간다. 목욕을 해서인지 노곤하다.

밝게 웃으며 남편이 방문 앞에 서 있다.

"오래 기다렸어요? 들어오세요."

나는 침대에 앉으며 침구를 정리해 남편이 앉을 자리를 마련했다. 남편은 웃으며 방문 앞에 서 있기만 할 뿐 들어오지 않는다.

"들어오세요. 물어볼 것이 있어요."

남편은 한참 서 있더니 슬며시 가버린다. 나는 비척비척 일어나 남편을 잡아보려고 문 앞으로 걸어간다.

"어디 가요? 가면 안 돼요. 물어볼 것이 있다니까요."

빨리 걸어갈 수 없다. 오른쪽 다리가 질질 끌리며 앞으로 나가지 못하고 남편은 점점 멀어지고 있다. 나는 소리를 질렀다.

"가지 마요."

"어르신 왜 이러세요?"

요양보호사가 팔을 잡았지만 오른쪽 다리를 끌면서 남편을 쫓아간다. 어느 순간 나는 남편을 놓쳐버렸다. 허망하게 서 있는데 쪼그리고 앉은 이 씨가 보인다.

"금방 여기 지나간 사람 못 봤어요?"

고개를 한쪽으로 비스듬히 하고 침을 흘리고 있던 이 씨가 고개를 끄덕인다.

"봤어요?"

"갔어."

눈길을 돌린 이 씨가 또 한마디 한다.

"잡지 마."

"이 영감이 뭐라는 거야?"

남편을 놓친 화풀이를 이 씨에게 할 뻔했다. 머리통을

내리치려는 내 팔을 요양보호사가 붙잡았다. 힘이 빠져 이 씨 옆에 앉아 그가 바라보는 허공을 나도 빤히 쳐다본다. 남편에게 물어볼 것이 있었는데, 물어볼 것이 뭐였는지 기억나지 않는다.

천장에서 뱀 한 마리가 혀를 날름거린다. '저건 뭐야? 이 요양원은 실내에서 뱀을 키우나?' 이상하다. 이 씨에게 다급하게 물었다.

"저기 봐요, 저기. 뱀, 뱀이에요."

"……"

"이 씨, 저 뱀 독사죠? 꼭 나를 잡아먹을 것 같아요."

"…… 아녀."

나는 다급한데, 이 씨는 아니라고 겨우 이야기한다. 입이 비틀어져 발음이 새기 때문에 쉽게 알아들을 수 없지만, 아니라고 하는 건 분명하다. 뱀이 아니란 건지 독사가 아니란 건지 알 수가 없다.

"입을 쩍쩍 벌리는 것 같았던 신발 생각이 나요. 그렇게 생긴 신발로 걷고 싶었을까. 지금 같으면 어림없는 일이죠. 그렇지만 그런 신발이라도 신고 그 길을 다시 걸을 수 있다면 얼마나 좋을까요."

내 말에 이 씨가 대답을 하든 말든 상관없다. 이 씨는 틀어진 얼굴로 먼 곳을 바라보고 앉아 있다.

"남편과 이야기를 할 수 있으면 좋겠어요. 이상하게 나타났다 금방 가버리는 이유가 무엇인지 모르겠어요."

"잡지 마."

침을 흘리며 앉아 있던 이 씨가 잡지 마라고 한다. 사람들은 왜 남편을 못 보는지 모르겠다. 여느 때처럼 남편이 어깨에 카메라를 맨 채 산방산을 향해 가고 있다. 느릿느릿, 남편의 발걸음은 한없이 느린데, 나는 그 발걸음을 결코 따라잡을 수가 없다. 점점 남편이 멀어진다.

섬

의사가 시어머니의 사망 선고를 했을 때 나는 그곳에 없었다. 거의 연락을 하지 않고 지내던 동서가 전화로 알려주었다. 동서는 시어머니가 입원했던 병원 장례식장에서 장례를 치르기로 했다는 말을 하고 전화를 끊었다.

나는 이장에게 전화를 해 시어머니가 돌아가셨다고 말했다. 섬이라서 모든 연락은 이장을 통해 하는 것이 가장 빠르다. 마을 사람 모두에게 한꺼번에 연락하는 셈이 되니까.

내가 이장에게 시어머니 상을 알린 지 얼마의 시간이 흘렀는지 잘 모르겠다. 동네 이장이 시어머니가 돌아가셨고 장례식장이 어디라고 느릿느릿한 말로 방송을 했다. 평소라면 속이 터질 것 같던 이장의 느린 말이 전혀 신경 쓰이지 않았다. 마치 부고를 알리는 방송은 그렇게 천천히 또박또박 해야 할 것처럼 느껴졌다. 바쁠 때 이장의 말을 끝까지 들을라치면 속이 터질 것 같을 때가 많았다. 몇 번 느릿느릿한 말을 끝까지 듣고 있을 수 없어서 다른 일을 하는 바람에 중요한 사실을 듣지 못했던 때도 있었다.

동서 전화를 끊고 이장이 방송을 할 때까지 나는 세수도 하지 않고 앉아 있었다. 마음이 여러 가지였다. 커다란 바위덩이가 알 수 없는 어떤 힘에 의해 굴러가버린 느낌과 그게 결코 시원한 것만은 아니라는 생각들이 얼기설기 얽히면서 혼란스러웠다. 얼떨떨하고 멍한 상태가 지속되면서 다음 할 일이 무엇인지 잊어버린 사람처럼 자리에 앉아 있었다. 이장이 방송을 하는 것으로 보아 시어머니가 세상과 작별한 것은 사실인 것 같은데 실감나지 않았다. 금방이라도 불쑥 나타나 귀가 따갑게 잔소리를 할 것만 같았다.

무엇을 해야 할지 모른 채 멍하게 앉아 있었다. 시어머니의 삶이 허망해서가 아니었다. 시어머니에 대한 연민이나 무상함 때문도 아니었다. 나와 시어머니의 지독한 관계가 하루아침에 끝장났다는 현실이 비현실적으로 느껴졌다.

나는 서울에서 살았다. 남편은 모터에 들어가는 감속기를 만드는 공장을 운영했다. 아이들은 초등학교에 다녔고 큰 문제 없이 평화롭게 지냈다. 나는 친구들과 쇼핑을 하거나 찻집에 앉아 수다 떠는 것을 즐겼다. 무엇인가 정해놓고 취미생활을 하는 것은 그다지 좋아하지 않았다. 남편은 사업이 잘 되기 때문인지 자신감이 넘쳤다. 자신감 있는 남편이 믿음직스러웠다. 친구들과 쇼핑을 하고 돌아다녔지만 가정을 소홀히 하지는 않았다. 저녁은 항상 정성들여 지었고 남편이 자주 빠졌지만 아이들과 하루 일과에 대해 이야기를 나누곤 했다.

평생 아무 문제 없이 살 수 있을 것 같았는데 시련이 닥쳐왔다. 남편은 골똘히 생각하는 일이 잦아지고 집에 가지고 오는 생활비가 줄었다. 결국은 부도가 나서 남편은 파산을 했고 서울에서 더 이상 살 수 없게 되었다. 남편은 시어머니가 살고 있는 섬으로 떠나자고 했다.

"그 방법밖에 없어요?"

"다행이잖아. 어머니가 계셔서 우리 가족 갈 곳이 있는 거니까."

남편이 태어나고 자란 섬은 연륙교 공사를 하고 있었다. 육지와 섬 사이에 작은 섬이 있어서 먼저 작은 섬과 육지를 연결하는 공사를 하고 있었다. 배는 30분에 한 대씩 출발했다. 짐을 실은 트럭을 배에 싣고 우리 가족은 섬으로 향했다. 아이들은 배 타는 것이 즐거운지 여객선 통로에서 장난을 쳤다. 30분은 금방 지나갔다. 배에서 내리기 위해 갑판에 나가 섬을 바라보는 내 심정은 우울하기 짝이 없었다. 휴가 때 가끔 왔을 때와는 사뭇 달랐다. 배가 선착장에 도착한 것은 턱 걸리는 듯한 흔들림 때문에 금방 알 수 있었다. 우리 가족은 트럭 뒤 짐칸에 올라 시어머니 집으로 향했다. 드문드문 집이 한 채씩 있는 마을을 지나 면 소재지에 들어서자 제법 사람이 많았다. 치킨집, 미용실, 노래방, 음식점, 다방, 카센터, 병원, 마트를 지나 다시 논밭이 보이는 길로 들어섰다. 논밭이 있는 사이사이 새로운 건물들이 보였다. 귀어를 한 사람들이 지었는지 깔끔하고 예쁜 집이 보이면 마음이 더 서글펐다. 나는 쫄딱 망해서 시어머니에게 찾아오고 있는데 어떤 이들은 저렇게 예쁜 집을 지어서 살다니. 내 마음은 울적하기 짝이 없는데 아이들은 트럭 뒤에 타는 것이 신나는지 웃으며 조잘거렸다.

시어머니는 우리 가족을 반기지 않는 내색을 드러내놓고 했다.

"어떻게든 서울에서 견뎌야지 살림을 아주 싸들고 오면 어떻게 하냐? 짐도 왜 이렇게 많다냐. 내 아들 **뼛골 빼서** 아주 돈을 써댔구만. 그래서 이 모양이구먼."

시어머니는 우리가 섬에 오게 된 것이 마냥 내 탓인 양

몰아댔다. 나는 남편이 시어머니와 담판을 짓도록 전혀 대꾸를 하지 않았다. 아무 말도 하고 싶지 않았다. 내가 처한 현실이 믿어지지 않았고 그 믿기지 않은 진실 앞에서 실랑이를 한다는 것이 싫었다.

남편은 열심히 일거리를 찾아다녔고 나는 한없이 우울하게 지냈다. 너무 답답할 때는 우리나라에서 가장 길다는 해수욕장에 나가 백사장을 거닐곤 했다. 백사장을 거닐면서 결국 나도 일을 해야 한다는 결론을 내렸다. 시어머니는 남편이 어떻게 설득했는지 말은 하지 않았지만 집에만 앉아 있는 나를 몹시 한심스러워하는 눈치가 역력했다. 나는 세상을 살아가기 위한 어떤 자격증도 없었다. 그저 아이들 뒷바라지하면서 친구들 만나 수다만 떨 줄 알았지 할 수 있는 일이 없었다. 남편을 따라다니면서 대파 작업할 때와 다른 농사일을 할 때는 어떻게 하는 것인지 차근차근 배우는 수밖에 없었다. 처음 하는 일이었지만 젊어서인지 금방 할 수 있었다. 남편과 나는 남의 농사일을 가리지 않고 억척스럽게 하며 돈을 모았다.

남편 역시 힘든 농사일을 해서인지 잠을 잘 때 코를 심하게 곯았다. 남편의 코골이가 점점 심해져 나는 남편과 같은 방에서 잠을 잘 수 없었다. 시어머니 집은 마루가 길게 이어져 방을 연결한 집이었다. 주방 바로 옆방은 시어머니가 원래 사용하고 있었다. 시어머니 방과 우리가 사용하는 방 사이에 주방이 있었다. 아이들은 시어머니 방 옆 창고를 상하 방으로 꾸며 각자 한 공간을 사용하도록 했다. 큰 아이가 딸이고 작은 아이가 남자아이라서 한 방을 사용하게 할 수 없었다.

남편은 일을 끝낸 뒤 저녁을 거의 먹지 않고 술만 마셨다. 남편은 대파 밭에서 일을 하거나 배 타는 일을 가리지 않고 했다. 힘들기는 하겠지만 실패한 후유증으로 두 손 놓고 넋 잃은 사람처럼 지내지 않는 것만으로도 나는 다행이라고 여겼다. 남편과 나는 바뀐 환경에 적응하기보다는 그저 하루를 어떻게 버텨내는가 하는 보이지 않는 싸움을 하고 있었다. 고된 일을 하지 않던 남편은 갑자기 힘든 일을 하고 술을 마셔서 그러는지 코를 심하게 곯았다. 몸이 피곤해서 잠에 취해도 코 고는 소리는 견딜 수 없었다. 두 시간 정도 겨우 자고 코 고는 소리에 뒤척이다 새벽이면 일어나 밭으로 가서 일하는 것은 어려운 일이었다.

남편의 코 고는 소리를 견디다 못해 나는 주방에 가서 잠을 자곤 했다. 코 고는 소리가 전혀 들리지 않는 것은 아니었지만 문을 닫으면 견딜 만했다. 이럭저럭 2년의 세월이 지나면서 섬 생활에 적응을 했다. 섬엔 중학교가 없어 딸을 육지의 중학교에 보냈다. 딸의 기숙사비와 학비를 벌려면 더 열심히 일하는 수밖에 없었다.

늦잠 자는 일이 없던 남편이 아침에 일어나지 않았다. 아침 밥상을 다 차렸는데도 남편이 방에서 나오지 않아 깨우러 갔다. 남편은 숨을 쉬지 않았다. 몸도 차가웠고 손을 흔들다 무서움증이 들어 시어머니를 불렀다.

남편이 사망했을 때 나는 어떤 모습이었던가? 세상에서 믿고 있는 단 한 사람 남편의 죽음 앞에서 나는 시어머니의 쇠꼬챙이 같은 비난을 들으며 마음껏 슬퍼하지를 못했다. 어찌 들으면 내가 남편을 죽인 것처럼 시어머니는 눈물도 흘릴 수 없도록 저주를 퍼부었다. 남편의 죽음을 애도하는 것마저 눈치 보면서 눈물을 삼키고 또 삼켜야 했던 그 날이 서럽게 다가왔다.

옆집 정희 엄마가 찾아와서야 생각 속에서 빠져나와 천천히 장례식장에 갈 준비를 했다.

"맹장염 아니었어? 요새 세상에 맹장염으로 죽은 사람도 있당가?"

"복막염이라고 했어. 배가 며칠 아팠는데 병원 가라고 해도 안가더니 맹장이 터졌었나 봐."

"시숙하고 동서는 왔다던가?"

정희 엄마는 내 말은 못 들은 척하고, 시숙과 동서를 원 망하며 혼잣말처럼 계속했다.

"그런 말 하지 말았으면 좋겠어. 시숙님도 무슨 이유가 있었을 거야. 괜히 말 꺼내면 불편하기만 하지 죽은 사람 이 살아서 돌아오는 것도 아니고."

"속 시원하지? 그동안 잔소리로 얼마나 괴롭혔어. 잔소 리 하고 싶어서 어떻게 눈을 감았는지 모르겠네. 오죽하 면 자기가 집을 얻어서 나와 버렸을라고."

나는 정희 엄마에게 정색하고 말조심 하라고 당부했다.

"아침은 먹었어?"

정희 엄마의 질문에 아침을 먹지 않았음을 깨달았다.

"장례식장에 가서 밥부터 먹고 앉아 있으면 보기 안 좋 으니까 아침을 먹고 가는 게 좋을 것 같아."

정희 엄마의 말에 나는 상을 펴서 반찬을 올리고 밥을 펐다. 밥을 편하게 먹었던 적이 있었을까. 밥상 앞에 앉으 면 쏟아지는 잔소리 때문에 아이들과 나는 최대한 빨리 밥을 먹었다. 그리고 모두들 서둘러 밥상에서 빠져 나갔 다.

"이렇게 아그들을 싸가지 없이 키우고 있냐. 어른이 아 직 밥을 묵고 있으면 바빠서 먼저 일어나겠다던가 잘 잡 수라던가 그러면서 일어나야제. 그래서 아그들한테는 애

비가 있어야 한디, 남편 잡아 묵는 귀신이 버젓이 앉아서 내버려두니 아그들이 저 모냥이지."

시어머니의 눈에 어긋나는 모든 일은 모두 내 잘못이었다. 사업이 망한 것도, 남편이 죽은 것도, 아이들이 밥상머리에서 얼른 일어나 나가는 것도. 무엇도 시어머니의 마음에는 들지 않는 모양이었다. 무엇이든 꼬투리를 잡아 나를 원망하며 잔소리를 그치지 않았다.

정희 엄마는 또 무슨 말을 하려다 말고 묵묵히 밥을 먹었다. 정희 엄마가 무김치를 소리 나게 씹었다. 사각 거리는 소리가 싫지 않았다. 밥상을 치우고 뭘 가져가야 할지 몰라서 다시 또 멍하게 앉아 있었다.

"갈아입을 속옷하고 얼굴에 바를 로션은 챙겨야 할 거야."

정희 엄마가 일러주어서야 나는 주섬주섬 속옷과 양말을 챙기면서 관대해진 자신을 들여다보았다. 뭐지? 살아남은 자의 만용인가? 굳이 주저리주저리 시어머니의 흠을 들춰나 그동안 고생했노라 말해 무얼 할 건가, 그래서 누가 고생한 것을 알아주면 내 삶이 더 행복해질 것도 아닌데. 어쨌든 나는 평상시보다 훨씬 평화로웠고 차분한 것만은 사실이었다. 거기에 어떤 흠이나 생채기를 내고 싶지 않다는 생각도 확실했다.

시어머니의 죽음 앞에서 평화로움을 느끼는 것을 들키기 싫었다. 정희 엄마와 가깝게 지내도 죽음 앞에 자유를 느끼는 모습은 내비치기 싫었다. 정희 엄마가 태워준 차를 타고 부두로 갔다. 섬에 온 뒤 배를 타면 거의 선실에 들어가서 벽에 등을 기대고 졸았다. 자투리 시간이라도 쉬고 싶어서였다. 항상 피곤했다. 몸이 늘어지면 방바닥에 스며들어 버리고 싶다는 생각이 간절했다. 새벽이면 방바닥에서 억지로 몸을 떼어내 시어머니 아침 밥상을 차렸다. 피로가 쌓여서인지 밥맛이 없어서 억지로 몇 숟갈 뜨고 밭으로 갔다. 아이들 생각을 하면 쉴 수 없었다. 아이들이 대학 졸업을 하고 직장을 얻으면 그때 마음껏 돌아다니고 재미있게 살겠다는 희망으로 버텨왔다.

시어머니 장례를 치르러 가는 길, 선실에서 쉬고 싶지 않고 다른 사람들처럼 바다를 보면서 섬을 건너고 싶어졌다. 섬에 들어온 지 벌써 5년이 지났는데도, 연륙교 공사는 아직도 지지부진했다. 갑자기 갈매기 떼가 모여들어 시끄럽게 울어댔다. 배 주변을 맴돌며 고양이 울음소리 같기도 하고 아기 울음소리 같은 갈매기 울음소리에 호기심이 생겨 난간으로 나갔다. 갈매기들이 시어머니의 죽음을 알고 있는 걸까? 시어머니 생각에 골몰하다보니 갈매기 떼가 혹시 시어머니 돌아가신 것을 알고 배 주변으로 모여든 것인가 싶었다. 난간에는 20대로 보이는 여자가 갈매기들을 향해 과자를 들고 서 있었다. 갈매기들은 여자가 던져주는 과자를 먹기 위해 요란스럽게 소리치며 배를 따라왔다. 과자 부스러기 한 개라도 먹어보겠다고 날개를 파닥이는 갈매기 떼. 바다에 떨어지는 과자를 미끄러지듯 지나가면서 입에 물고 날아가는 갈매기들을 바라보았다. 갈매기가 날개를 펴고 잔물결 위에 낮게 날면 물결처럼 보였다. 바다와 하나가 되는 듯한. 갈매기의 비행은 살아남기 위한 처절한 몸짓이었다.

섬에서 몇 해 살았는데 이런 장면을 처음 보는 것일까. 이런 잔잔한 감동마저 못 느끼고 뭘 하느라 나는 내 영혼에게 각박한 노동의 후유증만 안겨 주었을까? 그동안 사소한 아름다움마저 느끼지 못하고 쫓기며 살아온 나를 어루만져주고 싶었다. 아름다움이란 말을 떠올리니 뭔가 어울리지 않게 느껴졌다. 아름다움은 낯설고 사치스럽고 나와는 상관없는 단어였다는 듯 내 마음에서 자꾸 빠져나가려고 했다.

시어머니는 돈을 제법 벌었지만 늘 돈이 없어 쪼들리는 눈치였다. 가끔 면 소재지의 농협에 가서 큰아들에게 돈을 부치는 것 같았다. 처음에는 왜 시어머니가 한 번씩 농협에 가는지 궁금했다. 큰아들이 돈을 보내주어서 찾으러 가는 것인 줄 알았다.

섬은 도시에서 생각했던 인심 좋고 외로운 사람들이 서로 기대 사는 그런 곳이 아니었다. 외로움이 꼬이고 꼬여서 이웃에게 화풀이하고 이웃의 누군가를 괴롭히며 마음속 외로움을 해소하려는 사람들이 많았다. 더군다나 틈만 나면 치정사건이 끊이지 않아 시끄러웠다. 이웃의 여자와 남자가 눈 맞았다는 사건은 큰 사건도 아니었다. 또한 고깃배를 타러온 육지 사람들이 굶주린 맹수처럼 할머니를 포함해 아무 여자나 탐해서 곧잘 성폭행이 일어났다. 그런 섬을 탈출하고 싶었다.

남편은 무슨 병인지 치료 한 번 받아보지 못하고 세상을 떴다. 나는 남편에게 버림받은 느낌이었다. 아침에 눈 뜨면 잔소리를 해대는 시어머니와 아이들을 두고 남편은 가버렸다. 떠나는 사람은 가버리면 그만이었다. 섬을 영영 떠나는 사람, 세상을 아주 떠나는 사람. 뒤에 남아 아쉬워하든지 말든지 슬퍼하든 시원해하든 떠나버리면 되는 거니까. 시어머니는 부부가 따로 잠을 자니까 남편이 잠자다 아픈지도 모르고 죽게 만들었다고 억지를 부렸다. 옆에서 잤으면 아파서 분명히 뒤척였을 것이고 마지막 숨 거두기가 쉽지는 않았을 것이라는 말이었다. 시어머니는 아들 생각만 나면 나를 들볶았다. 그랬음에도 나는 섬에서 탈출할 생각을 하지 않았다. 하지만 힘들 때나 시어머니의 잔소리가 역겨울 때 남편을 향해 눈물의 삿대질을 했다. 어느 날부터 '기차는 8시에 떠나네'라는 노래를 들으며 슬퍼하고 또 슬퍼했다. 사십을 갓 넘긴 서울 토박이가 섬에 와서 햇볕에 새까맣게 그을리면서 밭에서 대파를 심고 양파와 마늘을 심게 될 줄은 몰랐다. 내 삶의 어느 시점에서 이토록 처절한 추락의 순간이 찾아올 줄 몰랐다. 나는 땅바닥보다 더 깊숙한 구덩이에 떨어져 허우적거리며 지냈다. 우연히 하늘을 바라보게 되었다. 땅 위에 부는 바람이 그리웠다. 바다에서 불어오는 바람이 그리웠다. 어느 순간 바다를 떠돌 수 있는 배 한 척만 있으면 좋겠다는 희망이 생겼다. 내 이름의 배를 타고 바람에 흐트러지는 머리카락을 음미하며 한없이 가고 싶었다.

섬이 멀어져 간다. 이렇게 섬을 떠나고 싶었다. 섬을 떠나 내가 하는 일에 그 누구도 이러쿵저러쿵 잔소리하지 않는 곳에서 자유를 만끽하며 살고 싶었다. 남편이 세상을 떠난 뒤 둘째가 중학교에 가면 같이 섬을 떠나려고 했다. 시어머니는 내가 벌어온 품삯을 탐냈다. 무슨 구실을 붙여서라도 돈을 뜯어냈다. 새벽에 나가 저녁에 집에 돌아오면 시어머니는 밭에서 일을 하고 있었다. 처음에는 몸이 피곤해도 밭일을 거들었다. 그리곤 해가 완전히 기울면 집에 돌아와 저녁을 지어야 했다. 그런데도 시어머니는 생활비를 꼬박꼬박 받았다. 부당하다는 생각이 들 정도로 많은 액수를 요구했다. 나는 결국 일이 끝나고 집에 오면 저녁을 짓고 샤워를 하고 쉴 준비를 했다.

"우리 밭일을 하고 들어와야지. 그냥 쏘옥 들어와서 네 몸뚱이만 씻으면 다냐?"

시어머니는 일 끝나고 밭일을 거들지 않는다고 잔소리를 했다.

"생활비 다 받으시면서 왜 그러세요? 저도 일하고 와서 밥 짓고 나면 피곤해요. 쉬어야 내일 또 일을 하죠."

가뜩이나 싼 값의 외국인 노동자들이 점점 많아지고 있었다. 섬은 러시아인, 동남아시아인, 중국인 희고 검은 색색의 일꾼들이 모여들었다. 행여나 힘들어하는 기색을 해서 나오지 말라고 할까 봐 조마조마할 때가 많았다. 나는 밭일로 잔뼈가 굵은 사람이 아니었기 때문에 아무래도 속도가 더디었다. 시어머니와 맞선다는 것이 쉬운 일은 아니었다. 나는 내 삶을 위해서 조금은 뻔뻔해질 필요성을 느꼈다. 시어머니에 대한 연민으로 중요한 것을 포기하면 결국 내가 견디지 못하게 될 것이 뻔했다.

"앞으로는 전기요금, 수도요금, 밥 값, 반찬 값 머릿수로 계산할 거예요. 이렇게 어머니가 내 돈을 빼앗아 가면 애들은 어떻게 키우라고 그러시는 건지 모르겠어요. 저 도망 안 가요. 애들 두고 도망가지 않아요. 도망갈까 봐 내 손에 돈을 빼앗는 거라면 그만하세요."

죽은 남편 얼굴이 떠오르기도 했다. 남편이 이 모습을 봤다면 무엇이라고 했을까. 남편을 떠올리자 마음 깊은 곳에서 힘이 솟아났다. 거기다 한 번 대들고나니 시어머니가 억지를 부릴 때마다 대꾸하는 것이 쉬워졌다.

딸아이에 이어 아들이 중학교에 가자 집을 얻어 자취를 시켰다. 아이들의 학비와 생활비를 벌기 위해 나는 더욱 뼈가 휘도록 일을 했다. 시어머니에게 상납했던 생활비도 주지 않았다. 모진 소리 들으며 돈을 모았다. 아이들이 여름방학을 맞아 집에 왔을 때 수박을 한 덩이 샀다. 시어머니는 몇 날 며칠 잔소리를 늘어놓았다. 내 아이들이지만, 당신 손자 손녀인데도 잔소리가 그칠 줄 몰랐다. 내가 벌어서 산 수박인데도 마치 자신의 돈을 축내기라도 한 듯 시어머니는 아무것도 사지 못하게 했다. 무엇이든 사기만 하면 생활비도 주지 않으면서 사고 싶은 것 다 산다는 거였다. 먹는 것만 문제 되는 것이 아니었다. 싸구려 옷을 사도 문제였고 어떤 것이든 돈을 지불한 것에 대해서 짜증 섞인 잔소리를 해야만 직성이 풀린 듯했다. 시어머니는 큰아들에게 보낼 돈이 적어져서 짜증을 내는 것 같았다.

마음이 답답해서 비 내리는 날 집에서 쉬지 않고 아이들이 사는 자취방에 갔다. 반찬을 챙겨 갔지만 막상 가서보니 라면으로 식사를 때우는 것 같았다. 방 한 켠에 라면 봉지가 가득했다. 아이들과 나흘을 보내고 섬으로 갔다. 시어머니는 상상 이상으로 흥분했다. 온갖 욕을 해도 속이 풀리지 않았는지 집을 나가라고 했다. 어쩌면 시어머니는 내가 가출했을 것이라고 포기하고 있었을지도 몰랐다. 그래서 집을 나가라고 내뱉었을 것이다. 필요 이상으로 비굴한 척하던 내 머릿속에 번개처럼 지나가는 것이 있었다. 그래 집을 나가면 되는 거였어. 남편도 없는 시집살이를 뭐 하러 하고 있었지? 아주 담담한 표정으로 집을 나가겠다고 했다. 시어머니는 지금 당장 나가라고 길길이 날뛰었다. 마음 같아서는 당장 짐을 싸들고 나가고 싶었지만, 차분하게 집을 알아보았다. 아이들이 있는 육지로 나갈까 생각해 보았지만, 돈벌이가 막막했다. 시어머니는 시간이 지날수록 나를 붙잡아 두고 싶은 눈치였지만 그런 기회를 놓치면 후회할 것 같았다. 아마 두고두고 내 가슴을 찧어 피가 흘러 내 손에 내가 죽을지도 모를 일이었다. 그럴 수는 없었다.

쓸 만한 집을 정희 엄마가 알려주었다. 정희 엄마는 섬에 와서 유일하게 친하게 지내는 친구였다. 남편이 세상을 떠났을 때도 정희 엄마가 많은 도움을 주었다. 마음을 터놓을 친구가 한 사람이라도 있었기에 그 모진 시집살이를 견딜 수 있었다.

그동안 모은 돈으로 집을 사서 독립을 했다. 드디어 독립을 한 것이다. 정희 엄마가 가장 좋아했다. 사람들에게 알리기 위해 집들이도 요란하게 했다. 독립했다는 사실을 모든 사람이 인식할 수 있도록 최대한 시끄럽고 푸짐하게.

옆 동네로 이사를 한 후 행여나 시어머니에 대한 말이 나올까 봐 전화도 하지 않는 동서에게 전화를 해서 이제 시어머니를 모시지 않게 되었다는 말을 했다.

"이제 완전히 독립을 했으니, 시집간 것으로 생각하고 큰아들이 할 일 알아서 하세요."

"어떻게 하루아침에 사람이 그렇게 변할 수 있어? 무슨 일 있었던 거야?"

"늙은 어머니 등골 그만큼 **빼먹었으면** 이제 자식 도리 할 때도 되었잖아요."

"아니, 뭐라는 거야? 뭘 빼먹었다고 그래?"

동서는 무언가 심술이라도 부리고 싶은 눈치였지만 나는 전화를 뚝 끊어버렸다. 길게 이야기할 필요가 없었다.

내가 새롭게 마련한 집은 바닷가에 있었다. 작은 만(灣) 안쪽 바닷가에 이십여 가구가 살고 있었다. 귀어(歸漁)한 젊은 측들 아이들이 낮이면 바닷가 모래사장에서 모래 놀이하는 풍경이 보이기도 했다. 밤이면 방파제를 부술 듯 파도 소리가 크게 들려왔다. 만조 시간이 잠들 무렵인 날은 커다란 파도 소리 때문인지 외로움이 마음을 두드려 나도 모르게 일어나 바닷가를 한참 거닐곤 했다.

가끔은 혼자 있는 시간이 적막하게 느껴졌다. 시어머니로부터 독립을 하면 세상 날아갈 것 같았는데 꼭 그렇지도 않았다. 어차피 노인이기에 보살펴야 할 일이 많았다.

비가 부슬부슬 내리는 밤이었다. 저녁을 먹었는데도 무엇인가 자꾸 먹고 싶어졌다. 정희 엄마를 불러 김치전을 만들어서 먹었다.

"애들 할머니 김치전 엄청 좋아하시는데."

아무 생각 없이 나온 말이었다.

"몇 장 부쳐서 가져다 드릴까?"

정희 엄마도 아무 생각 없이 한 말이었을 것이다. 텔레비전을 보다 더 이상 재미있는 프로그램이 없자 정희 엄마가 다시 시어머니 집에 가자고 했다.

"자기 엄마 챙기듯 왜 그래?"

"아무리 그래도 좀 불쌍하다는 생각이 들잖아. 안 그래?"

정희 엄마의 말에 그동안 불쌍하다는 생각을 하지 않았던 내가 좀 냉정하게 느껴졌다. 그건 시어머니에게 쫓겨난 이후 처음 하는 생각이었다. 정희 엄마 차를 타고 시어머니 집으로 갔다.

"아휴, 오늘은 여기서 자고, 오랜만에 시어머니랑 회포도 좀 풀고 하셔. 또 알어? 사이가 좋아질지?"

시어머니 집 앞에서 나를 내려 준 정희 엄마가 웃으며 말하더니, 이내 차를 돌렸다.

시어머니 집은 대문이 활짝 열려 있었다. 가슴이 덜컥 내려앉는 느낌이었다. 순간 무슨 일이 생겼나 하면서 시어머니를 불렀다. 방안에서 시어머니 대답이 들렸다. 예전처럼 사납거나 따지는 듯한 대답이 아니었다. '진짜 무슨 일이 있었나?' 나는 살금살금 방 안으로 들어갔다.

"김치전 지졌어요. 좀 드셔보세요."

시어머니는 옷을 주섬주섬 입고 있었다.

"어머니, 무슨 옷을 입으려고 그러세요? 잘 자린데."

나는 시어머니 앞에 전이 든 봉투를 내려놓고, 젓가락을 가지러 부엌으로 가려고 돌아섰다.

"이게 무슨 냄새지?"

나는 말을 하고 나서야 그 냄새가 무슨 냄새인지 깨달았다.

시어머니는 그때서야 내 얼굴을 정면으로 쳐다보며 악다구니를 질렀다.

"네가 집을 나갔기 때문이랑께. 네가 집에 있었으믄 이런 일은 없었을 것이여. 살다 살다 이런 일을 당해야 하냐. 내가 칠십이 다 된 나이에 남자랑 이런 일을 할 수 있다고 생각하냐?"

"괜찮으세요?"

전화기를 든 내 손이 덜덜 떨렸다. 칠십 가까운 노인네를 성폭행하다니. 어디에든 신고를 해서 보호를 받아야 한다는 생각만 들었다. 나는 경찰서에 신고를 하려고 했다. 시어머니에게 뭘 물어봐야 할지 생각나지 않았다.

"네 눈에는 괜찮게 보이냐?"

자꾸 말이 엇나갔다.

"신고해야죠. 누군지는 아세요?"

"이것이 다 너 때문인디, 어따 전화를 할라고 그라냐?"

"신고를 해야 범인을 잡든지 말든지 할 거 아니에요?"

시어머니는 질색을 했다.

"신고해봐야 우스갯거리만 되지 아무도 도와주지 않아야. 유재 챙피하게 뭔 신고를 한다고 그라냐?"

시어머니는 한사코 신고를 못하게 말렸다. 얼마 전에 시어머니 연배의 할머니가 이런 일이 있었다. 남자들은 그 할머니 좋았겠다고, 그 나이에 젊은 놈 꼴을 보다니 오히려 횡재했다고 비아냥거리는 소리를 얼핏 들었다는 거였다. 그런데 이제 어떻게 하지? 시어머니를 어떻게 하지? 시어머니는 완강하게 신고하지 않겠다고 했기 때문에 목욕시키고 옷을 갈아입혔다. 마음을 가라앉히고 나는 그 남자가 누군지 물었다.

"알고 있어야 조심할 거 아니에요."

"시커먼 놈이었어. 그 기름 냄새 나는 놈들 말이여. 이것이 다 너 때문이여."

시어머니는 모든 일이 나 때문이라며 억지를 부렸고 절대로 신고를 못하게 했다. 이주 노동자건 같은 종족이건 외간여자를 탐했으면 똑같은 것이지, 다를 것이 없다는 말을 하면서, 오히려 외국인이라면 다시 찾아오지 않을 거라고 했다. 그렇게 믿고 싶어 했다. 시어머니는 몹시 창피하게 생각했고 다 늙어서 무슨 일인지 모르겠다고 혼잣말을 했다. 그리고 틈만 나면 내 탓이었다. 나는 시어머니의 안전이 걱정 되었다기보다는 혼자 집에 가는 것이 무서웠다.

 다음날 시어머니 집에 문고리를 몇 개 더 달고 강아지를 한 마리 사서 마당에 풀어 놓았다. 물론 내 집도 안전장치를 하고 강아지도 사서 집을 지키게 했다. 며칠 뒤에 시어머니가 저녁에 전화를 했다. 시어머니는 다짜고짜 내 집에 와서 살아야겠다고 강짜를 부렸다. 시어머니의 태도를 보아하니 아주 작정을 한 것 같았다.

 신고를 해서 범인을 잡아야지, 내 집으로 온다고 해결되는 것이 아니라고 말해도 시어머니는 듣지 않았다. 들을 생각이 없었다. 이미 내 집으로 밀고 들어오려고 작정을 하고 있었다. 나는 그럴 수는 없었다. 다시 시어머니의 통제에 들어가면 나는 더 이상 살 수 없을 것 같았다. 나는 노골적으로 시어머니와 살 수 없다고 했다. 정 그러면 서울 사는 큰아들한테 가라고 했다.

 결국 시어머니가 내 집으로 밀고 들어왔다. 어쩔 수 없었다. 죽은 남편의 어머니. 나와는 생물학적으로 따지면 남이었다. 그렇지만 아이들의 할머니. 내 자식들에게는 생물학적 핏줄이었다. 머리 한구석이 닳을 정도로 생각하고 또 생각했다. 내 핏줄들의 핏줄. 보이지 않는 끈이 보였다. 그건 애증의 끈이었고 인력으로 끊으려고 한다고 쉽게 끊어질 끈이 아니었다. 어떻게 해서든 끊어보려고 발버둥을 쳤지만 그럴수록 그 끈은 더 질기게 이어지는 것 같았다.

이번에는 시어머니에게 집세를 내라고 했고 내가 옷을 사든 살림을 사든 간섭하지 말고 잔소리도 하지 않는 조건이었다. 여름이 가기 전 시어머니는 슬슬 나를 간섭하고 통제하려고 했다. 또다시 돈 쓰는 문제로 나를 달달 볶기 시작했다. 집세도 내지 않았다. 나는 아주 냉정하게 서울에 사는 시숙에게 전화를 해서 집세를 대신 주라고 했다.

"나는요, 시어머니를 모시고 싶지 않고 모시지 않아도 도덕적으로 법적으로 문제없는데요, 시어머니가 강제로 들어오셨어요. 시어머니 집에 살 때 나는 집세를 냈기 때문에 나도 꼭 받아야겠어요."

시숙은 차일피일 미루며 집세를 보내지 않았다. 나는 또 시어머니에게 폭탄선언을 했다. 섬을 떠나겠다고. 집세를 내지 않으면 집을 내동댕이치고 섬에서 나가 편하게 살겠다고 했다. 시어머니는 그래도 집세를 주지 않았다. 나는 집세 핑계를 대서 시어머니를 다시 보내려는 속셈이었지만 통하지 않았다. 그놈을 잡아야겠다고 생각했다.

수소문 끝에 식당 이층을 동남아 노동자들에게 세준 곳을 알아냈다.

"말도 못해요. 추위를 많이 타서 방안에서 음식을 해먹는데 이상한 냄새가 나요. 고춧가루하고 기름이 섞인 냄새 같기도 하고. 그 사람들이 살다 떠나면 몇 달 동안 문을 열어두고 도배는 기본이고, 방향제 뿌리고 별짓을 다 해도 그 이상한 냄새가 배어 있어요."

집주인 여자는 나를 붙들고 하소연했다. 돈 때문에 세를 주긴 했지만 어디서 무슨 일이 터지면 자신이 잘못한 것 같아서 미치겠다는 말을 했다. 이것저것 물어 보았지만 특별한 것은 알 수 없었다. 저녁이 되어 일을 마치고 이층으로 올라가는 무리를 곁눈으로 보았는데 비슷비슷하게 생겨서 머릿속만 엉망이 된 채 집으로 돌아왔다.

고기잡이 어선에서 일하는 사람들이 모여 산다는 곳도 찾아갔다. 거친 말투의 남자들이 힐끗힐끗 쳐다보는 것이 겁났다. 봐뒀다 사고 칠 생각이라도 할 것 같아 허겁지겁 그곳을 빠져 나왔다. 경찰도 아닌 내가 범인을 잡는다는 것은 어려운 일이었다. 당장 내 자신이 범죄의 대상이 될 수 있다는 생각이 들어 겁이 났다.

집세 문제로 실랑이를 벌이는데 시어머니가 배가 아프다고 했다. 집세를 주기 싫어 꾀병일 것이라고 넘겨버렸다. 일하러 가면서 많이 아프면 병원 가보라는 말만 남기고 일하러 갔다. 저녁에 집에 와보니 시어머니는 하루 종일 굶었는지 밥이 그대로 있었다. 많이 아픈가? 이마를 짚어보니 뜨뜻한 것이 미열이 있는 것 같았다. 그날은 이미 병원이 문을 닫아 다음날 아침에 시어머니와 병원에 갔다. 배만 아프지 설사를 하거나 토하지는 않는다는 말에 의사는 영양제를 맞히라고 권했다. 속에서 욱 했지만 영양제 맞는 것을 본 다음 계산을 하고 나는 다시 일하러 갔다. 또 속은 것 같아 기분이 언짢았다. 그날 저녁 시어머니가 자다 말고 죽겠다고 기어서 내 방으로 왔다.

"죽겠다. 죽을 것 같아."

시어머니의 배를 보았지만 워낙 지방이 많은 배라 뭐가 뭔지 알 수 없었다. 좀 부은 것 같기도 했고 물렁거리는 것이 덜하고 팽팽한 느낌이 드는 것 같기도 했다. 서울 시숙에게 전화를 해서 다음날 첫배를 타고 나갈 테니 선착장에 차를 대고 기다리라고 했다. 아픈 어머니를 차마 모른 척 할 수 없었던지 시숙은 새벽에 선착장에서 기다리고 있었다. 나는 그간의 일을 대충 이야기해주고 다시 섬으로 와버렸다. 이번 기회에 시어머니를 시숙에게 아주 인계할 생각까지 했다.

시어머니를 시숙에게 떠넘기고 난 다음날 병원에서 전화가 왔다. 거긴 노인병원이고 시어머니 상태가 수술을 해도 소생할 확률이 없어서 큰아들이 그곳에 모시고 난 다음 서울로 가버렸다는 거였다. 무슨 일 있으면 연락할 전화가 나와 시숙인데 시어머니가 몹시 난폭하게 굴어서 며느님이 한번 와 주실 수 있겠냐는 말을 했다.

"내 전화번호를 알려줬어요?"

"네, 며느님이 같이 사셨다니까 한 번 만나면 좀 덜 힘들게 하시지 않을까 해서요. 지금 몹시 고통스러워하시거든요."

소생할 확률이 떨어졌다는 말에 나는 마음이 복잡했고 간호사 말을 거절할 수 없었다. 다음날 일찍 병원을 찾아갔다. 시어머니의 얼굴은 흙빛으로 변해 있었다. 검게 그을렸긴 했지만 그런 색은 처음 보았다. 회색도 아니고 검정색도 아닌 죽음의 색. 콧줄을 꽂아 놓았고 링거며 소변줄이 주렁주렁 매달려 있었다. 시어머니는 악에 받혀 콧줄을 혀로 밀어 빼버리고, 묶여 있는데도 링거를 빼버리며 간호사나 의사에게 침을 뱉는다고 했다.

배가 부두에 닿았다. 정희 엄마의 차로 장례식장을 향해 가면서 나는 눈물이 났다. 정희 엄마가 혀를 찼다.

"그 정도 했으면 어느 누구도 잘못했다고 할 수 없어."

나는 시어머니가 이주노동자에게 성폭행을 당했을 때 다

늙었으니 그다지 문제 되지 않을지도 모른다고 생각했다. 신고를 해야 한다는 것은 더 젊은 여자들이 당할까 봐 신고해야 한다는 마음이 한구석에 깔려 있었다. 시어머니는 자식들에게 행여 부끄러운 사건이 될까 봐 신고를 하지 못하게 한 것이지 실제로는 끔찍했을지 모른다. 나는 그때 시어머니의 마음을 헤아리지 못했다. 이미 늙었으니까 그쯤은 넘어갈 수 있을 거라는 생각을 했다. 몸서리가 쳐졌다. 실은 그게 싫어서 그토록 내 옆에 붙어살려고 하는 것을 얼마나 매정하게 뿌리치고 있었는지. 내 마음 구석 저변에는 시어머니 때문에 나마저 성폭행을 당하게 될까 봐 싫다는 마음이 아주 옅게 깔려 있었다.

시어머니는 어떤 생각을 하며 눈을 감았을까? 그토록 믿었던 큰아들에게 거부당하는 느낌은 어떠했을까. 나는 시어머니가 힘없는 노인이라는 생각을 해 본 일이 없다. 늘 내 삶을 가로막는 잔소리꾼으로만 생각했다. 그런데 다시 생각해보니 시어머니는 내가 어려울 때 빌붙어 살수 있도록 해주었던 사람이었다. 따뜻하게 해주지 않고 늘 잔소리를 하고 간섭을 해서 싫었던 것이다. 실제로는 실패했던 내 삶에 재기할 수 있는 터전을 제공해 주었던 것은 사실이었다.

해안을 따라 난 길을 가면서 섬을 바라보았다. 어쨌든 그곳에서 사람들은 살아가고 있고 이웃의 관심도 필요하고 돈이 필요하듯 욕구 해소할 방법이 필요한 육지의 어느 곳과 다름 없는 땅이었다. 단지 배를 타야만 갈 수 있다는 불편한 땅일 뿐 특별한 인간들이 사는 곳은 아니었다. 섬이기 때문에 아파도 시기를 놓쳐 고칠 수 있는 병을 고치지 못하고 사망하는 일이 많은 곳이 섬이었다. 억센 바닷바람을 이기며 살아남기 위해 억척을 떨다 보니 섬 놈이라는 말도 듣지만 그곳에는 사람이 살고 있다. 약해서 보호 받아야 할 사람들이 살고 있는 땅이었다. 나는 그곳 섬으로 다시 돌아갔다.

밤중에 마당에 나가 하늘을 올려다본다거나 하릴없이 걷는다고 이제 더 이상 잔소리할 사람이 없다. 적막하다.

"뭔 짓이여? 밤중에, 얼른 자고 내일 저 밭이나 메. 아조 풀 천지구먼."

문득 소리 나는 쪽을 돌아보았다.

눈

원하는 승선권을 구입할 수 없었다. 남아 있는 표는 가장 값이 싼 선실이었다. 표에 적혀 있는 선실에 들어선 순간 아차 하는 생각이 들었다. 그러면 그렇지 싼 게 비지떡이라더니. 기대한 것은 없었지만 실망감이 밀려왔다. 가운데 커다란 기둥 둘레에 의자가 빙 둘러 있었다. 그리고 창문을 따라 의자가 길게 놓여 있었다. 창문은 어둡게 선팅되어 있어 밖을 바라볼 수 없었다. 선실 바닥에 누워서 여행을 하게 되어 있었다. 선실 바닥은 카펫이 깔려 있었지만 푹신하지는 않았다. 먼저 들어와서 선실 바닥에 누운 사람들은 텔레비전을 보고 있었다. 경상도 사투리가 들려왔다. 그들은 다리를 쭉 펴고 누운 채 이야기를 나누다, 텔레비전을 보다 뒹굴었다. 텔레비전은 오십 인치쯤 되어 보였다.

내 방 텔레비전도 오십 인치가 넘는다. 진성이 가지고 온 테이프를 보거나 인터넷에서 다운 받아 볼 때가 많았다. 진성은 늘 음란물을 나와 같이 보곤 했었다. 어떻게 찾아내는지 인터넷에 떠도는 것들을 다운 받아 보여주곤 했다.

그날. 그날도 진성과 인터넷에서 다운 받은 것을 보고 있었다. 대형 화면 속에서 여자들이 미끈한 몸을 비틀며 신음 소리를 내고 있었다. 순백색 시트 위에서 두 여자는 서로의 몸을 어루만지며 키스를 하고 있었다.

"꼭 너 같다."

'설마'라는 말을 막 꺼내려는 찰나 그것은 분명 내 얼굴이었다. 황홀한 듯 눈을 지그시 감고 상대방 여자의 가슴을 움켜쥐고 있는 장면이 지나갔다. 눈을 뜨지 않아도 머릿속에 그녀의 탄탄한 젖가슴이 느껴졌다.

"너 레즈비언이었니?"

생각할 시간도 없이 그가 벌떡 일어나더니 옷을 주섬주섬 입기 시작했다. 마치 그런 상황이 벌어지면 그렇게 해야겠다고 생각해둔 사람처럼 자연스럽고 민첩하게 움직였다. 대답할 시간이라도 줘야 할 텐데, 그는 냉정한 얼굴로 내게 등을 돌리고 서 있었다. 멍청하게 머리통을 얻어터지고 앉아 있을 수만 없었다.

"오빠, 아니야. 알잖아."

그가 커다란 텔레비전 화면을 손가락으로 가리켰다. 그리고는 목의 힘줄이 툭 불거지게 힘을 주면서 대꾸했다.

"저 여자는 그러면 숨겨둔 네 쌍둥이 자매라도 된다는 이야기니?"

"그게 아니라, 이제 동성애자가 아니라는 이야기예요."

그 사이에도 대형 화면 속에서는 두 여자 아니 나와 그녀는 열심히 서로의 몸을 어루만지고 있었다. 어떻게 이런 일이 일어날 수 있었는지 모르겠다. 언제 그녀와 몰래 카메라에 찍힐 수 있었는지 아무리 생각해도 모르겠다. 그때서야 허겁지겁 컴퓨터를 껐다.

그는 더러운 똥이라도 만진 사람처럼 인상을 찌푸리고 한참 서 있었다. 숨 막히는 시간이 지나갔다. 방이 작아서일까, 속이 터질 것 같았다. 내 침대도 여전히 하얀색의 이불 세트고 하얀 프릴이 달려 있는 거였다. 진성의 눈길이 침대를 지나 창으로 옮겨졌다. 창문에도 하얀색 커튼이 쳐져 있었다. 그의 시선이 다시 식탁으로 옮겨졌다. 역시 식탁보도 하얀색이었다. 색이 다르다면 원목 식탁이 옅은 갈색이었다. 식탁의 다리만 옅은 갈색으로 드러났다. 텔레비전은 은색이고 옷장도 식탁과 같은 옅은 갈색이었다. 내가 입고 있는 옷도 하얀색이었다. 시선을 따라다니다 어떻게 해서든지 그를 다시 자리에 앉혀야 한다는 생각을 했다. 눈을 가린 앞머리를 '후욱' 불며 여태껏 볼 수 없었던 무서운 표정으로 그가 서 있었다. 셔츠의 앞 단추를 두 개 풀어헤친 그의 모습을 간절한 눈으로 바라보았다. 입을 다물고 있으면 무엇인가 골똘히 생각하는 듯한 그의 표정이 그때는 무엇인가 단단히 결심한 표징이었다.

"너 당분간 너희 집에 가지 마. 가출하란 말이야. 가출해서 나랑 결혼할 수 없는 명분을 만들어. 그다음 내가 다른 여자랑 결혼한 뒤에 나타나든지 말든지 해. 알았지? 그 전에 나타나면 나는 지금 내 눈으로 본 것을 말할 수밖에 없다. 그것은 네가 선택해."

그는 아무런 미련도 없는 사람처럼 찬바람을 일으키며 가버렸다. 한 달 뒤에 결혼식 날짜가 잡혀있었고 그가 마련한 아파트에 들어갈 가구며 가전제품도 주문한 상태였다. 그가 가버린 뒤 혼자 썰렁한 침대에 누워 있으려니 한기가 몰려왔다. 이렇게 어이없는 일이 있을 수 있다니. 이미 정리된 지난 일 때문에 한평생을 같이 하려던 남자로부터 버림을 받다니. 진성이 일으키고 간 찬바람의 여파가 오래도록 남아있었다. 이불을 목까지 끌어 올려서 누운 채 잠을 이룰 수 없었다. 이런저런 생각들로 잠이 다 달아나 버렸다. 동성애자였던 것이 드러난 이상 그가 다시 받아들여 줄 것 같지는 않았다. 그의 말대로 가출해서 1년 정도 숨어 살아야지 이대로 엉거주춤 버티다가는 그가 우리 가족들에게 사실대로 말해 버릴 것 같았다. 1년을 혼자 숨어서 산다는 것은 너무 어려운 일이었다. 그는 파혼할 것이다. 내가 가출했기 때문이라고 한다면 말이 될 것 같았지만, 나는 가출해서 살 용기가 없었다. 그렇다면 내가 더 좋아하는 남자가 있든지 무엇인가 치명적인 이유를 생각해야 했다.

나는 선실 한쪽에 배낭을 등에 받치고 앉아 텔레비전을 보고 있다. 배가 한쪽으로 기우는 것 같은 느낌이 들어서 출발했음을 알았다. 아까 누워서 뒹굴던 사람들은 벌써 코를 골며 잠을 자고 있다. 가을이 깊어가고 있었다. 섬으로 가기 위해 버스를 타고 여행을 했으면서 계절이 어떻게 되어 가는지 느끼지 못했다. 고민 속에 빠져 눈을 뜨고 있으면서도 지나치는 풍경을 제대로 보지 못한 거였다. 텔레비전을 보면서 비로소 가을이라는 생각을 했다. 설악산이 대표로 꼽히는지 대청봉에서 두 손을 번쩍 치켜들고 소리치는 사람들의 모습을 보여주었다.
나는 강원도 K시의 꽤 유명한 산에 설치한 케이블카 회사의 지배인이었다. 지금 관광객이 많다고 텔레비전 뉴스에 나올 정도면 오늘도 엄청나게 바빴을 것이다. 어머니가 일에 재미를 붙이면 헛생각을 하지 않을 것이라고 알선해 준 곳이었다. 어머니는 내가 동성애자인 줄은 몰랐다. 그냥 친구 잘못 만나서 빈둥거린다고 생각했다.

진성이 동성애자라는 이유로 가버린 다음 날 출근을 하면서도 줄곧 그 일이 머릿속에 남아 마음이 편하지 않았다. 그와 같이 보았던 다른 동영상과 내가 찍힌 동영상이 인터넷 사이트를 떠도는 것이 화가 났다. 알 수 없는 대상에게 분노를 느끼며 어떤 방법으로든 잡고 싶다는 생각을 했다.

어머니는 인맥이 좋은 사람이었다. 그래서 쉽게 내 일자리를 얻을 수 있었던 것 같다. 언니는 결혼을 했어도 우리 집에서 같이 살고 있다. 남동생과 여동생은 내가 빨리 결혼하기를 기다리고 있다. 남동생과 여동생은 결혼할 상대가 있었다. 어머니는 동생들이 나보다 먼저 결혼하면 별로 결혼에 관심이 없는 내가 영영 결혼하지 못할 거라고 생각하고 있었다.

나는 고등학교도 겨우 졸업했다. 친구들과 노느라 결석을 많이 해서 졸업을 못 할 뻔했었는데 어머니가 손을 써서 졸업장을 받았다. 집에서 빈둥거리자 지방에 있는 이름이 잘 알려지지 않은 대학에 원서를 써서 대학을 다니게 해주었다. 집에서 먼 곳에 떨어져 살게 된 데다 용돈까지 탈 수 있어서 군소리 없이 4년을 버텼다. 그 4년 사이에 내가 동성애자라는 것을 알게 되었다. 방학 때 집에 가면 어머니는 아무 놈이나 만나서 연애질하다 임신이라도 하면 안 된다고 잔소리를 하곤 했다. 남자 문제를 일으키지 않은 것만으로도 어머니는 꽤 흡족해했었다. 졸업을 하고 그녀와 나는 1년 넘게 동거를 하며 집에서 용돈을 타 썼다.

진성이 훌쩍 가버린 뒤 잠을 잤는지 꿈을 꿨는지 생각을 했는지 어질어질한 상태로 아침을 맞았다. 여느 때처럼 출근해서는 항상 하던 대로 사무실에 들른 다음 케이블카 출입구 쪽에 갔다. 잠을 잘못 잤기 때문인지 눈이 까칠거리고 뻑뻑한 느낌이 들어 손으로 눈을 만지다 위를 바라보았다. 카메라가 나를 빤히 내려다보고 있었다. 얼른 다른 곳으로 몸을 돌려 버렸다. 관광객의 안전을 위한다고 설치한 카메라였다. 통제실 누군가가 내 모습을 보고 있었을 것이다. 직원을 감시하기 위한 것인지 진짜 관광객의 안전을 위한 것인지 모르겠다. 카메라는 케이블 저쪽에도 설치되어 있었다. 아직까지 그 카메라에 감지되어서 관광객의 안전을 보살핀 사건은 없었다. 카메라는 늘 그 자리에서 사람들을 내려다보고 있었는데 거의 잊어버리고 지냈다. 그러다 가끔 카메라가 의식되면 부자연스럽고 더 껄끄럽게 느껴졌다. 대기실은 등산복을 입은 사람들의 무리가 여기저기서 종이컵을 들고 이야기꽃을 피우거나 안내문을 들여다보는 모습이 보였다.

사무실에 들어와서 다시금 그와의 일을 생각했다. 골똘히 생각해도 실마리가 풀리지 않았다. 답답함이 지나치자 사무실 의자에 앉아 있던 몸을 벌떡 일으켜 사무실을 서성거리기 시작했다. 한 손을 턱과 입에 대고 그 팔을 반대쪽 손과 팔로 받치고 책상에서 창 쪽으로 갔다가 다시 책상 쪽으로 걸으며 여러 가지 대안을 생각해 보았다. 입술이 까칠거렸다. 까칠거리는 것을 손가락으로 자꾸 만지자 뜯어낼 수 있었다. 따끔했지만 까칠거리는 것을 기어이 뜯었더니 짭조름한 맛이 느껴졌다.

한 가지 아는 것은 가족들이 내가 동성애자라는 사실을 모르게 하고 싶다는 거였다. 늘 말썽만 피우고 가족들에게서 문제아 취급 받으며 살아왔는데 거기다 동성애자라면 아예 호적에서 파겠다고 아우성칠 것 같았다. 내가 파혼할 구실을 만들지 않으면 진성은 정말 동성애자라는 것을 밝힐 것이다. 그렇지만 용서해 줄 수는 없는지 안타까웠다. 진성이 그 사실을 덮어준다면 정말 열심히 살 자신이 있는데. 그는 그런 여지를 주지 않았다. 동성애가 정신

병이나 된다는 듯, 더럽다는 듯, 혐오스러워하던 그의 표정이 떠올랐다.

진성에게 문자를 보냈다. '용서해 주세요. 나에게 기회를 준다면 열심히 살아갈게요.' 뭘 용서하라는 것인지 알 수 없었다. 진성이 내 지난날을 용납할 수 없다는데 용서라는 말이 맞는지 생각했다. 아무리 핸드폰을 노려보아도 그에게서는 답장이 없었다. 답장을 기다리는 시간이 길어질수록 초조해져서 핸드폰만 자꾸 들여다보았다. 결국 진성의 침묵을 견디지 못하고 다시 문자를 보냈다. '진심으로 사랑해요.' 문자를 보내고 창가로 갔다. 창밖에는 등산복 차림의 사람들이 울긋불긋 차려입고 가는 사람 오는 사람 엇갈리고 있었다. 그게 용서를 구할 일일까? 내가 누군가를 사랑했다는 사실이 용서 받아야 할 일인지 잠시 궁금했다. 진심으로 진성을 사랑할까? 내 자신에게 물었다. 진심으로 진성을 사랑하고 있냐고. 다시 물었지만 대답하지 못했다.

결혼은 탈출구였다. 진성이라는 사람을 통해 집에서 떠나 살 수 있는 탈출구였다. 집에서 왜 그렇게 탈출하고 싶은지 한마디로 꼬집어 말할 수는 없다. 집에 있으면 답답해서 가슴이 터질 것 같았다. 밖에서 할 일이 없더라도 그냥 돌아다니는 것이 더 좋았다.

그는 한밤중에 찬바람을 일으키고 나가서 곧장 서울로 갔을까? 어머니와 통화를 하기 위해 몇 번 전화를 하려다 그만두었다. 내가 동성애자라는 것을 그 사람이 알아버려서 결혼이 어렵게 되었다는 말을 차마 할 수 없었다. 그냥 되어가는 대로 두고 보자는 생각이 들었다. 이런저런 생각들을 두서없이 하고 있는데 전화벨이 울렸다. 그의 핸드폰이었다. 가슴이 쿵쾅거렸다. 무슨 말을 하려는 것일까? 용서한다는 말을 한다면 좋겠지만 아닐 것만 같았다. 숨을 고르고 통화버튼을 눌렀다.

"네가 도대체 뭘 잘못해서 얘가 이 모양이 된 거니?"

핸드폰 저쪽의 목소리는 그가 아니라 그의 어머니였다. 내가 보낸 문자를 본 사람이 그의 어머니라니. 이것은 일이 더 잘못되어 가고 있다는 이야기였다. 그의 어머니는 몹시 흥분한 목소리로 따졌다.

"어머니 무슨 일이세요, 무슨 일 있나요?"

나는 최대한 부드럽고 다정한 목소리로 상대방의 흥분을 가라앉히려고 했다. 핸드폰 너머에서는 생각을 정리하는지 잠시 말이 중단되고 있었다. 아니면 너무 기가 막힌 상황이든지. 답답했다. 그래도 숨을 멈추고 다음 말을 기다렸다.

"지금 알고 싶은 것은 네가 우리 애한테 뭘 잘못했냐는 거지."

목소리가 진정되어 있었다. 차분한 목소리에서 갑자기 두려움이 느껴졌다. 나도 잠시 생각을 했다. 무슨 말을 해야 할지 망설였다.

"그런데 무슨 일이 있나요? 그 사람……"

"사고 났다. 교통사고로 지금 수술 받고 있어. 너희들 싸운 거니?"

다시금 격해지려는 목소리를 진정하고 있다는 느낌이 들었다. 나는 거침없이 대답했다.

"네, 그런데 많이 다쳤나요?"

싸우면 되는 것을 왜 그렇게 고민했을까. 파혼 당할까봐 마음 졸이느라 그가 교통사고로 얼마나 다쳤는지 상관없이 우선 한시름 놓은 기분이었다.

"다리가 부러졌어. 이러다 결혼식도 연기해야 할지 모르겠다."

나는 더욱 안심이 되었다.

"어머니 수술 잘 될 거예요. 쉬는 날 가볼게요. 어머니 너무 무리하지 마시구요. 어쨌든 어머님이 힘드시겠네요."

그의 어머니와 전화를 끊고 나는 안도의 숨을 내쉬며 일에 집중할 수 있었다.

사람들은 선실에 더 이상 들어오지 않았다. 그나마 다행이었다. 먼저 온 사람들은 잠을 자고 있으니 텔레비전 채널권이 나한테 있었다. 대형 텔레비전에 국화 전시회 장면이 보였다. 코를 골면서 자고 있는 사람들로부터 최대한 멀리 떨어져 앉아서 텔레비전을 보았다. 노란색의 소국부터 각양각색의 국화가 화면을 지나쳐갔다. 한반도 지도 모양의 국화도 보였다. 탐스럽고 예쁜 하얀색 국화가 가장 마음에 들었다.

진성의 병실에 보라색 국화를 가지고 갔었다. 약혼자가 수술하고 있다는 핑계를 대고 일찍 퇴근을 했다. 그가 입원해 있는 병원에 가서 그의 병실 앞까지 갔지만 한동안 망설였다. 병원에서 나와 근처의 꽃가게에 들러 보라색 국화로 작은 꽃바구니를 만들어 주라고 했다. 꽃바구니가 만들어질 때까지 또다시 마음이 서성였다. '가면 뭐라고 할까?' 꽃바구니가 완성되었고 꽃을 들여다보며 마음이 잠시 평화로웠다. 그렇지만 병원으로 가야 한다는 생각이 들자 다시 마음이 무거웠다. 진성이 입원한 병동에 도착했을 때, 간호사들은 카메라에 대해서 자기들끼리 수군거리고 있었다. 내가 서 있던 곳 바로 위에도 카메라가 보였다.

강원도에서 살고 있는 내가 서울의 병원에 온 것이 기록

되겠지 생각했다. 병실에 힘없이 누워있는 그와 다리에 감긴 붕대가 일치되지 않은 낯선 모습으로 눈에 들어왔다. 미안하다는 생각이 들어야 할 텐데 '매력이라곤 없군' 하는 자신을 알아차리고 마음을 가다듬었다. 물론 수술을 받았기 때문이기는 하지만 핏기 없는 얼굴과 찡그리고 있는 이마의 주름살이 정나미 떨어졌다. 이방인처럼 느껴지는 그의 곁에서 어색하게 얼굴이랑 손을 들여다보았다. 그의 어머니가 수선을 떨다가 문득 사야 할 것이 있다면서 병실에서 나갔다. 병실은 특실 같았다. 진성이 누워있는 침대와 보호자용 침대가 놓여 있었다. 침상 옆 정리장 위에 국화꽃 바구니를 올려두었다. 서랍을 열어서 필요한 물건들이 있는지 살폈다. 그런 행동은 그와 눈이 마주치지 않기 위한 위장이었다. 간단한 세면도구와 면도기가 보였다. 조그만 물 잔과 수저도 보였다. 그는 오른쪽 다리를 대퇴부에서 발목까지 하얀 붕대로 칭칭 감고 높이 올린 채 누워 있었다. 나를 보자 인상을 잔뜩 찌푸렸다. 나는 다정스러운 목소리로 어떻게 하다 사고가 났는지, 어디서 그랬는지, 누구 쪽이 더 과실이 많은지, 그리고 많이 아픈가 물었다. 인상을 찌푸리고 있던 그가 기다렸다는 듯이 내질렀다.

"교통사고일 뿐이야. 다시는 오지 마. 너만 생각하면 온

몸이 오슬오슬 떨리고 살맛도 없어. 얼른 돌아가. 문자도 보내지마. 연락하지 말란 말이야. 빨리 가. 빨리 꺼지란 말이야."

그는 정떨어지는 표정으로 소리를 질렀다. 오만 정이 떨어지는 것은 나도 마찬가지였다. 다만 사람들이 쉽게 납득할 만한 일로 그에게 약점을 잡혔다면 이렇게 비굴할 필요가 없는 거였다. 거북한 음식을 먹은 것처럼 속이 메스거렸다. 무엇인가 복받쳐 올라올 것 같았다. 무의식 속에 숨어있던 자존심이 머리를 들고 일어났다. 오장육부만 뒤집힌 것이 아니라 머릿속까지 빙빙 돌았다. 눈앞도 캄캄했다.

"알았어요. 인간적인 예의로 병문안했으니까 신경 쓰지 마세요. 다시는 볼 일 없는 거죠? 그렇게 알고 가겠어요."

일어서면서 애당초 이럴 생각이 아니었는데, 이러면 안 된다고 하면서도 멈춰지지 않았다. 어떻게 해서든지 진성의 마음을 돌리려고 찾아왔었는데 내 입에서 튀어나온 말에 나도 미칠 것 같았다. 마음만 미적거리다 일어서서 문을 열었다. 그는 아무 말이 없었다. 그의 마음은 확고해 보였다. 내가 아무리 붙잡아도 그의 마음은 이미 떠나버렸다.

나는 그가 전날 저녁 찬바람을 일으키고 가버렸듯 차디
찬 대꾸를 내던지고 병실을 나왔다. 그러면 안 된다고 마
음속에서 아우성이었다. 그렇지만 되돌아가기에는 자존심
이 허락하지 않았다. 그의 어머니와 복도에서 마주쳤다.
뽑아 쓰는 화장지와 꽤 커 보이는 검정 비닐봉지를 들고
있었다. 병원에 허겁지겁 쫓아왔는지 입고 있는 옷도 허
름해 보였다. 왜 벌써 가냐고 묻는 표정이었다.

"결혼하지 않을래요. 저이와 너무 맞지 않아서요, 결혼하
면 후회할 것 같아요. 그렇게 알고 계시면 좋겠어요. 안녕
히 계세요."

그의 어머니는 갑작스러운 내 말에 대꾸를 하지 못했다.
무엇인가 묻기 전에 자리에서 빠져나와야 한다는 생각이
들어 후다닥 등을 돌리고 걸음을 빨리했다. 가슴이 쿵쾅
거렸다. 혹시나 그의 어머니가 쫓아오는지 돌아보고 싶었
지만 정말 쫓아오면 어떻게 해야 할지 알 수 없어서 그냥
줄달음쳤다.

선실은 텔레비전 소리와 몇몇이 바닥에 누워 잠을 자면
서 코를 고는 소리만 들렸다. 눈이 까칠하고 피곤해서 눈
을 감으면 한순간에 끝장나버린 그와의 일들이 떠올랐다.
되돌릴 수 없다는 사실이 안타까웠다. 아무 걱정 없이 한

잠 자고 나면 좋겠다는 생각이 간절했다. 텔레비전에서는 사건 사고에 대해서 떠들더니 어젯밤 국도에서 뺑소니 사고가 있었다는 뉴스를 했다. 나도 모르게 몸이 부르르 떨렸다. 어제 저녁 그곳을 통과한 자동차를 추적하기 위해 단속 카메라를 분석하고 있다는 말을 했다. 이젠 정말 꼼짝없이 뺑소니 사고의 범인으로 몰려버린 것 같았다. 그러더니 지하 주차장에서 뺑소니 사고가 있었다는 방송도 했다.

진성의 어머니를 피해 허겁지겁 도망쳐 지하 주차장으로 갔다. 차를 급하게 후진하다 남의 차 앞 범퍼를 찌그러뜨렸다. 차에서 내려 범퍼가 찌그러진 차의 앞 유리를 샅샅이 살펴도 연락처가 적혀 있지 않았다. 남에게 자신의 핸드폰 번호를 알리기 싫은 사람일지도 몰랐다. '불이익을 당해도 자신의 사적인 것을 숨기고 싶은 사람이기 때문에 연락처가 없겠지.' 그냥 차를 몰고 나왔다. 도망을 가는 것이 아니라 연락할 길이 없어서 그냥 가는 거였다. 그 순간에는 카메라가 보고 있다는 생각을 하지 못했다.

지하 주차장에서 뺑소니를 치고 있는데 핸드폰 벨소리가 들려왔다. 그의 핸드폰이었다. 분명 그의 어머니가 마지막으로 악담을 쏟아부으려고 나를 불러내는 것이겠지. 핸드폰 때문에 신경이 분산되어 신호가 노란색으로 바뀐 것을 미처 발견하지 못했다. 노란색 불을 쳐다보며 교차로를 지나는데 빨간색으로 바뀌고 있었다. 더욱 좋지 않은 것은 신호 위반 차량을 감시하는 카메라가 보였다. 아주 높다란 곳에서 눈을 부릅뜨고 있었다. 마치 로봇이 내려다보듯이 부릅뜨고 있는 눈처럼 느껴졌다. 카메라에 찍혔을 것 같았다. 정신 바짝 차리고 운전해야지 사고까지 쳐서는 안 되지 생각하며 한강을 지났다.

서울의 밤은 한강의 야경 때문에 더욱 빛나 보였다. 그 더럽던 한강이 밤이 되면 어둠을 밝히려는 빛 때문에 아름답게 보이다니. 이게 속임수일까, 아니면 문명이 준 필연적 위장일까? 나는 밤을 좋아했다. 속이고 싶은 것은 없지만 그래도 감추고 싶은 것이 더 잘 감춰지니까. 속이는 것이나 감추는 것이나 마찬가지일지도 모르겠다. 그래도 무방하다. 내가 초조해하고 갈팡질팡하는 것은 사람들을 끝까지 잘 속이지 못했기 때문이었다. 그의 가족과 우리 가족에게 들통이 날까 봐 불안한 거였다. 나는 사람들을 속이고 싶었던 것이다. 그렇다고 내가 동성애자였던 것이 부끄럽다는 것은 아니었다. 대부분의 사람들이 이해하지를 못해서, 마치 더러운 것을 대하는 시선을 보내기 때문에 그것이 싫어서, 그리고 나 혼자 감당할 문제가 아니라서 속이려는 것이었다. 그 가운데 어머니가 감당하지 못해 나를 들들 볶을 것을 생각하면 정말 감쪽같이 속이고 싶었다. 가족이 있어도 막상 어려운 일이 터지면 결국 나 혼자 풀어나갈 수밖에 없었다. 가족은 실추되어버린 자신들의 명예 때문에 복잡한 일을 더 힘들게 만들었다. 어려움에 처했을 때 도움도 되지 않으면서 그 어려움을 드러내지 않고 아무도 모르게 해결하기를 원했다. 그렇지 않으면 체면 때문에 오히려 더 골치 아프게 했다. 그 일도 가족들 생각을 하지 않는다면 복잡할 일이 아니었다. 그렇다고 가족을 무시하면서 살아갈 자신도 없었다.

서울을 벗어나 꽤 많은 시간이 지났을 때 어머니에게서 전화가 왔다. 전화를 받을까 말까 한참 망설였다. 진성의 어머니가 전화를 했을 것이고 아무런 정보도 알지 못한 채 뒤통수를 맞은 어머니가 나를 불러내는 것이 분명했다. 결국 언제든지 이야기해야 한다는 생각이 들어 통화 버튼을 눌렀다. 어머니는 자신의 감정을 전혀 속이지 않고 씩씩대며 어디냐고 물었다. 고속도로에 금방 진입했다고 거짓말을 했는데, 어머니가 소리를 버럭 질렀다. 어떻게 된 애가 태어날 때부터 지금까지 속을 썩이냐고 했다. 나도 질세라 태어날 때 속 썩인 것이 무어냐고 물었다. 어머니는 갑자기 말문이 막히는지 핸드폰을 뚝 끊었다. 태어날 때 속 썩인 것을 이제야 추궁하면 어쩌자는 것인지 울화가 치밀었다.

 정신없이 달리다 보니 속도위반 카메라 밑을 지나면서 110킬로로 달리고 있었다. 지방도로는 60킬로가 규정 속도였다. 카메라가 번쩍해서야 알아차렸다. 신호 위반에 속도위반까지, 내 자신에게 다시 화가 났다. 진짜 신경질 나는 일은 파혼 당했다는 사실이고 그 생각만 하면 미칠 것 같았다. 거기다 가중해서 교통법규 위반이라니. 가족들에게 면목 없게 되었고 겨우 만회했던 체면이 바닥에 처박힐 일이 끔찍했다. 나는 나도 모르는 사이 빠르게 차를 몰았다. 더욱 빠르게 차를 몰다 무엇인가 차에 부딪치는 것 같았다. 엄청나게 둔탁한 것에 부딪치면서 핸들이 마음대로 돌아가 지그재그로 도로를 질주하다 어렵게 차를 멈췄다. 갓길로 차를 옮긴 뒤 후진했다. 부딪친 것을 확인하고 싶었다. 차에 부딪친 것은 사람이었다. 온몸이 떨렸다. 아직 다른 차가 지나가지는 않았다. 어쩌면 이미 다른 차에 치어 죽어있었는지 모를 일이었다. 어떻게 해야 할지 몰라 허둥댔다. 내 생각이 맞다 한들 증명할 길이 없다는 생각도 스쳐 지나갔다. 사람을 죽게 했다는 사실을 인정하기가 어려웠다. 순간 내 자신에게 이미 이 사람은 죽어있었다고 안심시키고 있었다. 그 생각을 하면서 다시 차에 올랐다. 그래 이미 다른 차에 치었던 것이라고 단정

지었다. 그래야 마음이 편할 것 같았다. 그렇게 생각을 해도 떨리는 것이 멈추지 않았다.

 히터를 켰다. 아직 히터를 켤 정도로 춥지는 않았다. 손은 떨리는데 땀이 끈적거렸다. 더워서 미치겠다는 생각이 들어서야 히터를 껐다. 얼마 동안 망설이다 차를 몰았다. 어디로 가는지도 몰랐다. 누군가 보고 신고했을 수도 있을 텐데. 누가 보아도 봤을 거란 생각이 들자 더 허둥거려졌다. 무작정 가다 보니 바다가 보였다. 손이 아직도 덜덜 떨고 있었다. 손만 떨리는 것이 아니라 가슴도 쿵쾅대고 다리도 떨리고 있었다. 어떻게든 해야 할 텐데 어떻게 하는 것인지 알 수 없었다.

 별도 달도 알지 못하는 곳으로 숨어 버릴 수 있다면 좋겠다는 생각이 들었다. 날아가는 새도 알아차리지 못하고 지나가는 바람도 알지 못하는 곳이 있다면 얼마나 좋을까. 어느 순간 투명해지면서 아무도 알아차리지 못하는 존재가 되어버리고 싶었다.

 거대한 게임장에서 나는 쫓기고 여기저기 미로를 잘도 도망쳐 다니고 있다. 결국 게임을 반복하다 보면 게이머가 아마추어가 아닌 이상 나는 잡히게 되어있는 운명이었다. 게임장 곳곳에 설치되어 있는 카메라를 통해서 부처님 손바닥 속의 손오공처럼 내가 하는 모양을 빤히 다 보고 있을 것이다. 나만 그러는 것이 아니었다. 모든 사람들이 카메라의 감시에서 벗어날 수 없었다. 시민들의 안전과 범죄를 예방하기 위해 설치해둔 카메라가 이제 나를 쫓고 있을 것이다. 인간이 편하기 위해 만든 기계 때문에 결국 사람들은 서서히 자유를 빼앗기고 사생활을 감시당하면서 사는 날이 올 것이다. 신호를 위반한 순간 나는 내가 지나가는 곳을 노출했고 속도위반을 하면서 다시 한 번 내 위치를 노출했다. 거대한 감시자에 의해 사람들은 자신의 여행지까지 감시당하고 살 수밖에 없다. 이제 범죄를 저지른 이상 그 카메라가 내 자유를 빼앗기 위해 그 역할을 할 것이다. 범죄를 저지르지 않은 시민들의 안전을 위해 카메라는 제 기능을 다 하겠지. 어느 순간 내 자유 또는 내 인권이 감시당했다고 항의 할 수 없게 되어버렸다. 이제는 나 같은 인간들을 위해 설치해둔 카메라를 저주하는 입장이 되어버렸음을 인정해야 했다.

바다는 어둠 속에서 파도 소리를 내며 나를 불렀다. 단 한 순간도 쉬지 않는 물결의 움직임이 느껴졌다. 자연 속에서 누구에게도 속박당하지 않고 살 수 있다면 좋겠다. 사람들은 남기는 것을 좋아해서 사진을 찍기 시작하더니 그것도 부족해서 비디오를 발달시키고 인터넷이라는 매체를 이용해서 세상에 알리기까지 했다. 혼자 보기 아까워서 세상 사람들과 공유하려는 것이다. 남의 사생활이면 더욱 재미있다는 걸까. 은밀할수록 흥미롭게 느껴진다는 것인가?

배가 있다면 좋겠다. 망망대해를 떠돌다 옛날이야기처럼 알지 못하는 섬에 내려서 몇 해 동안 꿈같이 살아보았으면 좋겠다. 아니 차라리 지금 이 현실이 꿈이면 얼마나 좋을까. 꿈에서 깨면 복잡하고 골치 아픈 일들이 말끔하게 없어져 버리면 좋겠다. 내 일이지만 너무 끔찍했다.

오피스텔로 돌아가다 근처의 술집에 들어갔다. 밤이 깊어서인지 술집은 조용했다. 맥주를 주문하고 생각에 잠겼다. 갑자기 호프집 문이 열리면서 떠들썩했다. 술 마시러 오는 패거리들의 얼굴이 불량스러웠다. 떠들썩하거나 말거나 내가 저지른 일이 엄청나서 다른 것에 신경 쓸 여유가 없었다. 맥주 세 병을 비웠는데도 취하지 않았다. 취하지 않은 것이 아니라 알코올 기운을 느끼지 못했을 뿐인지도 몰랐다. 양주를 시켰다. 취했기 때문에 그러는 것이었다. 그런데도 취기를 느끼지 못했다. 떠들던 패거리들이 술집을 나서는 소리가 분주했다. 혼자서 이렇게 오래 술을 마시다니. 갑자기 서글퍼져 눈물이 흘렀다. 이제 어떻게 해야 할까. 살고 싶은 마음이 없었다. 아무렇게나 저질러 놓

고 그냥 죽어버리면 안 될까. 책임을 지기에는 너무 무섭
고 버거운 일이었다. 어디로 도망칠까. 도망갈 곳은 있을
까. 삽시간에 이 지경이 되어버렸는지 미칠 것만 같았다.
술에 취해 음주운전을 하고 집에 갔다. 샤워도 하지 않고
아무렇게나 옷을 벗어서 내던져 둔 채 잠이 들었다. 울다
혼자 중얼거리다 잠을 잔 것 같았다.

 모닝콜이 울렸다. 머리가 울렸다. 총무과장에게 문자를
보냈다. 갑자기 일이 생겨 회사를 그만둬야 할 것 같은데
오늘 당장 갈 수 없다고. 핸드폰을 꺼버리고 다시 잠을
청했다. 될 대로 되라지 뭐. 정말 견딜 수 없으면 죽어버
릴 거야. 이렇게 힘든 일이 한꺼번에 터지면 어떻게 감당
하라는 것인지 내 운명이 야속했다. 어쩌면 그가 파혼하
겠다고 떠나가지만 않았어도 이런 일은 벌어지지 않았을
것이다.

 아니 몇 해 전 그녀를 사랑하지만 않았어도 파혼 당하지
않았을 것이다. 내가 그녀를 사랑하게 된 것은 단순히 내
취향 때문이었을까. 지난날 동성을 좋아했던 것이 파혼을
할 정도로 비정상이라는 것일까. 그것도 다 지나가 버린
일인데. 그 일 때문에 나는 도로에서 사람을 죽게 만든
뒤 도망쳐 버렸고 모든 것을 포기하고 이불 속에 드러누
워 있다. 모두 다 할 짓이 아니었다. 생각을 하는 것인지

꿈을 꾸는 것인지 알 수 없는 생각들이 머릿속에 가득했다. 생각을 멈추려고 하지만 멈추지 않고 어느새 그 생각의 끝을 이어 계속 생각을 하고 있었다. 카메라에 모두 찍혔을 텐데. 나를 찾아내는 데는 그다지 많은 시간이 필요하지 않을 것 같았다.

잠을 잔 것 같지는 않은데 문 두드리는 소리가 멀리서 들려왔다. 멀리서 들리던 것이 점점 가깝게 느껴졌다. 누가 찾아온 것 같았다. 자동차가 주차장에 세워져 있으니 집에 있을 것이라고 생각한 모양이었다. 엘리베이터 카메라를 돌리면 내가 집에 있다는 것이 탄로 날 텐데. 초인종을 누르다 문을 두드리다 십여 분을 긴장 속에 몰아넣던 인물이 조용했다. 슬그머니 밖에 인기척이 있나 살폈지만 돌아간 것이 확실한 것 같았다. 긴 머리를 정성 들여 감으면서 오늘은 머리카락을 짧게 잘라 버리겠다고 마음먹었다. 화장도 하지 않고 필요한 물품들을 챙겼다. 가볍게, 가벼워야 했다.

택시를 타고 터미널로 갔다. 터미널은 약간 어두웠고 습한 냄새가 났다. 자동차를 가지고 다니면서부터 터미널은 거의 이용하지 않았었다. 어느 곳이나 직접 운전하고 다녔고 그것이 훨씬 편했다. 기다릴 필요도 없었고 아무 곳이나 자유롭게 다닐 수 있기 때문이었다. 더군다나 짐이 많아도 상관없고 쇼핑을 해도 무겁게 들고 다녀야 하는 부담이 없기 때문에 좋았다. 터미널에는 평일인데도 사람들이 많았다. 가야 할 곳이 많은 사람들 무리에 끼여 나도 어디론가 갈 거였다. 터미널 현금지급기에서 최대한 돈을 많이 찾았다. 현금이 있어야 했다. 포항 가는 버스에 올랐다. 버스에 올라서는 의자를 최대한 뒤로 젖힌 뒤 눈을 감고 있었다. 안전벨트도 매지 않았다. 가다가 버스가 아무것에나 충돌해서 아무 고통 없이 죽어버릴 수 있기를 바랐다. 제발 어딘가에 부딪치기를 간절히 바랐지만 결국 포항에 무사히 도착했다.

다시 택시를 타고 항구로 갔다. 항구에서 울릉도 들어가는 배를 알아보았다. 두 시간 뒤에 출발하는 배를 탈 수 있었다. 승선권을 사려는데 주민등록번호와 연락처를 기록해야 했다. 섬으로 도망가려는데 자기 이름과 연락처를 기록하는 바보 같은 짓을 하라니. 그걸 작성하지 않으면 갈 수 없냐고 했지만 사고 날 경우를 위해 필요한 거라고 했다. 잠시 망설였다. 가서 하루만 묵고 나오면 별일은 벌어지지 않겠다는 생각이 들었다. 만약 경찰이 내 행적을 알아차리고 섬에서 남들 보기 민망하게 손목에 수갑이 채워지는 일이 생긴다면 어떻게 할 것인가. 일단 승선권을 샀다. 돌아오는 배도 예매를 할 것인지 물었다. 결국 돌아와야 할까?

 바다를 바라보며 섬으로 갈 수 있을 것이라는 생각은 잘
못되었다. 선실에 들어가서 의자를 찾았지만 맨바닥과 기
둥 둘레에 의자가 둘려 있을 뿐이었다. 얼마쯤 가면서 배
의 내부가 그렇게 된 것이 이해되었다. 멀미하는 사람들
도 있을 것이고 배를 타고 가는 시간이 길어, 힘들게 앉
아 있을 수 없어서 바닥에 누워있도록 만든 것이었다. 기
둥에 붙어있는 의자에 머리를 얹고 텔레비전만 보았다.
 울릉도에 도착해보니 어둠이 몰려오고 있었다. 배에서 내
려오는 사람들은 많지만 아는 사람은 한 사람도 없었다.
결국 어딜 가든 혼자서 헤쳐나갈 수밖에 없다는 것은 알
았지만 다시금 혼자서 섬까지 와버린 사실이 무서웠다.
미래가 없는 사람처럼 살고 있고, 즉흥적으로 행동해서
삶을 가볍게 여기고 깊이 생각하지 않다 보니 어려운 일
이 닥쳤을 때 방황만 한다는 생각들이 스쳐지나갔다. 모
든 것이 후회스러울 뿐이었다.
 스믈스믈 몰려오던 어둠이 완전히 섬을 둘러싸고 몇몇
가게에서 흘러나오는 불빛만 길잡이처럼 빛나고 있다. 잠
잘 곳도 정하지 않았으면서 무작정 동네에서 벗어나 파도
소리가 철썩이는 바위투성이의 해변으로 갔다. 가을밤이

지만 바닷바람 때문인지 살갗으로 파고드는 바람이 쌀쌀했다. 마침내 이가 딱딱 부딪치는 소리가 들릴 정도로 추워졌다. 그렇게 덜덜 떨면서 바위를 기어오르다 다시 내려가다 점점 동네에서 멀어져갔다.

얼마만큼 갔을까. 마침내 사람들이 쉽게 볼 수 없는 곳을 찾았다. 내 몸이 쑥 들어갈 수 있는 정도의 공간이 있는 곳을 찾았다. 어둠 속에서 덜덜 떨리는 몸을 오그리고 앉아 배낭에서 술을 찾았다. 진성이 가져온 양주를 집에 진열해 두고 보관하고 있기만 했었다. 짐을 최대한 적게 가져오면서도 양주는 챙겼다. 필요할 때가 있을 것 같아서였다. 한 모금을 들이켰다. 목이 타는 것 같았다. 거의 하루 종일 굶었다. 아무것도 먹고 싶지 않았다. 빈속에 들어간 양주가 위장에 흘러내리면서 몸이 뜨거워지기 시작했다. 한 모금을 더 삼켰다. 이제 머리카락을 스치며 지나가는 바람이 시원하게 느껴졌다. 이 바람, 이 상쾌함을 버려야 하다니 갑자기 눈물이 솟구쳤다. 마시다보니 양주한 병이 바닥났다. 배고파서 술로 배를 채우다니. 또다시 흑 눈물이 흘렀다. 아 울면 뭐하나, 살면서 사고만 치고 사람까지 죽이고 그래도 살고 싶다면 나쁜 거야, 나쁜 거지. 신발을 벗어서 배낭 옆에 가지런히 두고 일어섰다. 이곳이 얼마나 깊은지 알 수 없다. 떨어지면 바위투성이일지도, 그래도 마찬가지였다. 나비처럼 사뿐히 몸을 날렸다. 훨훨.

복

대학병원 진료 대기실에 사람들이 북적였다. 얼굴이 누렇게 뜬 사람이 어슬렁거리며 지나가는 사이로 검사용지로 보이는 종이를 든 여자가 종종걸음으로 지나갔다. 진료실을 찾아 기웃거리며 지나가는 남자도 있었다. 모두들 찡그리거나, 죽을 지경이라는 얼굴로 진료 대기실을 걸어다녔다.

남편은 오늘 초음파 검사를 하고 결과를 듣기 위해 대기 중이었다. 일주일 전에 다른 검사들은 끝냈다. 초음파는 대기 환자가 많아 일주일 뒤로 예약을 했었다. 남편은 힘든지 멍한 표정으로 의자에 앉아 있다. 어쩌면 담배가 피우고 싶어서 눈 앞에 담배가 떠다니는 상상을 하고 있을 것이다.

복잡한 대학병원에 온 것은 시어머니의 복 타령 때문이었다.

"네가 복이 있으면 낫고, 복이 없으면 안 낫겠지"

시어머니는 내 눈을 빤히 들여다보며 말했다.

"정아 아빠 아픈 것이 내 복 때문이라는 건가요?"

머릿속에 번개가 쳤다. 번쩍거리는 빛줄기에 정신이 퍼뜩 들었다.

"나랑 결혼하기 전부터 아팠잖아요. 숭병에 걸렸으면서 나를 속인 거잖아요. 적어도 간염을 앓았던 것은 말을 해줬어야죠. 얼굴이 유난히 까맣다 생각했지만 햇볕에 타서 그런 줄 알았잖아요."

시어머니는 내 말은 못 들은 척하고 느릅나무 달인 물이나 잘 먹이라고 했다. 시어머니의 집과 우리집은 걸어서 20여분 거리에 있는데도, 시어머니는 아침, 점심, 저녁, 때를 가리지 않고 우리집에 왔다. 남편이 일하다 들어와서 계속 잠을 자는 것을 본 시어머니가 느릅나무 달인 물을 가져왔다. 남편에게 잘 챙겨 먹이라며. 간에 좋다고 가져온 느릅나무 액은 나중에 알고 보니 위에 좋은 거라는데. 미나리부터 로얄젤리까지 시어머니는 온갖 걸 다 가져왔지만, 남편은 먹지 않았다.

"어린아이라면 억지로라도 먹이지만 덩치 큰 남자가 먹기 싫다면 어떻게 할 수 없어요."

다른 때 같았으면 알았다고 했을 테지만 느닷없는 시어

머니의 복 타령에 일부러 어깃장을 놓았다. 시어머니의 눈빛이 흔들렸다. 어딘가에 기대고 싶은 원망 어린 눈빛으로 시어머니가 나를 바라보았다.

"네가 데리고 나와서 살면 그 정도는 해야지."

지겹도록 들어왔던 말이었다. 결혼하면서 합가를 하지 않고 분가를 했다는 비아냥이었다. 시어머니는 내가 결혼해서 시댁에 살기를 원했다. 결혼 전 시어머니의 아들에 대한 집착이 심상치 않다고 느낀 나는 기어이 분가를 했다. 시어머니는 약 잘 먹이라고 신신당부를 하고 갔다.

저녁을 지으면서도 내 복이 자꾸 떠올랐다. 조선시대도 아니고 달나라에 갔다 온 것이 언제인데 이런 말을 듣고 있는지 생각할수록 울화가 치밀었다.

'이게 내 복이라니. 내 복이 고작 이런 것이었다니.'

남편은 아프다면서도 병원에 가지 않았다. 병원에 가자고 아무리 말해도 꿈쩍도 하지 않았다.

'병원도 가지 않고 저렇게 아프다 죽기라도 하면 내가 복이 없어서 죽었다고 하겠어.'

저녁을 먹는 둥 마는 둥하고 남편이 밥을 다 먹기를 기다렸다.

"병원 가. 더 이상 기다릴 수 없어. 당신 병이 내 복 때문이라는데 이젠 더는 참을 수 없어."

"나중에 갈게."

남편은 또 나중에 간다고 했다. 신문만 뒤적이며 시선을 감추었다.

"일주일 이내에 가지 않으면 이혼할 거야."

남편은 내 말에 대꾸도 하지 않았다.

"무슨 병인지도 모르고 지내다 잘못되기라도 하면, 어머니가 내가 복이 없는 년이라 그랬다고 뒤집어씌울 것 같아. 나는 이 상황을 밝혀야겠어. 그럴 수 없다면 빨리 헤어지는 것이 좋을 것 같아."

아주 단호하게 잘라 말했다. 남편은 내가 보통 때와 다르다고 생각했는지 병원에 가겠다고 했다. 서둘러 대학병원에 예약을 했다. 대학병원으로 진료를 받으러 갔다. 아침 일찍 나서서 병원에 가는데 눈이 내렸다.

"가는 날이 장날이라더니, 그 많은 날 두고 하필 병원 가니까 눈이 내리네."

나는 혼잣말처럼 중얼거렸다. 설이 지나고 한동안 포근하더니 어렵게 병원에 가는데 눈이 내리니 짜증이 났다. 사소한 것 같지만 한번 마음에서 반항을 시작하니 모든 것이 눈에 거슬렸다. 시어머니의 말이 귓가에서 떠나지 않았다. 남이라면 싸움이라도 한 판 벌렸을지 모른다.

눈 때문에 길이 미끄러워 예약 시간에 겨우 맞춰서 도착했다. 진료실 간호사가 남편 이름을 부르다 없는 것을 확인하고 다음 사람을 부르고 있을 때였다. 혹시 남편 차례가 지나갔는지 알아봐달라고 했을 때 금방 불렀다고 했다. 아슬아슬하게 진료를 받고 검사를 받았다.

엄마는 늘 남편 복이 없다고 했다. 남편이 다른 남자들처럼 따뜻하게 해주는 것도 아니고 밥을 잘 먹는 것도 아니라고, 복이 없다고 했다. 내가 말을 듣지 않는 날은 그 화살이 내게 날아왔다.

"남편 복 없는 년이 자식 복이라고 있겠냐?"

정말 듣기 싫은 말이었다. 내 생각에도 아버지는 좋은 남편으로 보이지 않았다. 아버지는 노름꾼이었다. 엄마가 어렵게 돈을 벌어 감춰두면 찾아내서 노름판으로 달려갔다. 돈이 없어서 노름을 하지 않고 집에 있을 때는 반찬 투정을 해서 엄마를 괴롭혔다. 밥상에 앉을 때마다 싱겁니, 짜니, 밥도 제대로 못하니, 이건 이렇게 무치는 것이 아니라는 등 온갖 억지를 부리며 반찬 투정을 했다. 나는 아무리 생각해도 아버지보다는 괜찮은 딸 같은데, 엄마는 늘 남편 복과 자식 복을 같이 입살에 올렸다.

나는 남편 복 없는 엄마와 살면서 가슴 속에 할 말만 수없이 쌓으며 살아왔다. 동생은 네 명이었다. 막내동생이 태어났을 때 나는 초등학교 5학년이었다. 엄마는 출산일이 다가오자 쌀을 살 돈을 감춰두었다. 아기를 낳으면 한동안 일을 할 수 없기에 미리 대비를 한 것이었다. 엄마가 부른 배를 안고 미역을 사러 간 날 아버지는, 엄마가 숨겨둔 돈을 찾아냈다. 엄마가 집에 도착했을 때는 이미 아버지가 돈을 들고 도망간 다음이었다. 엄마는 돈 없어진 것만 안타까워하며 무거운 몸으로 겨우 며칠 먹을 쌀을 샀다.

아버지는 만삭의 아내가 출산한 다음 먹을 양식을 살 돈만 날린 것이 아니었다. 집을 담보로 도박을 하고 어디론가 자취를 감춰버렸다. 출산예정일 하루 전날 집을 비워달라고 빚쟁이가 찾아왔다. 엄마는 아기를 낳을 때까지만 봐달라고 통사정을 했다.

막상 아기를 출산하고 엄마는 자식 다섯을 데리고 어디로 가야 할지 암담했다. 제대로 먹지 못해서 아기 젖도 잘 나오지 않았다. 엄마는 막내를 누군가에게 주기로 했다. 우리보다 훨씬 잘 살고 먹을 것도 많은 사람들이기 때문에 가난한 우리 집에서 키우는 것보다 나을 거라고 말했다. 나는 아무 말도 하지 않았다. 아무 말도 하지 않는 나에게 엄마는 가난하게 살면서 먹을 것도 제대로 못먹고 학교도 제대로 못 다니는 것보다 아기가 없는 집에 가서 귀여움 받고 크면 동생에게 더 좋은 것이라고 말했다.

며칠 뒤 모르는 아줌마 두 명이 아기를 데리러 왔을 때 내가 마침 집에 있었다. 나는 동생을 데리고 가면 안 된다고 울고불고 난리를 치며 발악을 했다. 동생을 데리고 가려던 아줌마들이 그냥 돌아갔다. 아줌마들이 가버리자 나는 엄마한테 야단맞을 각오를 했다.

엄마가 동생을 남에게 보내려고 나를 설득할 때 입 다물고 있다가, 막상 동생을 데려가려고 하자 난리 친 것이 아무래도 혼쭐 날 일을 한 것 같았다. 엄마는 울기만 할 뿐 아무 말도 하지 않았다. 나는 다음날부터 학교에 가지 않았다. 아기를 지켜야 한다는 생각밖에 없었다. 엄마는 출산 전에 사두었던 식량이 거의 다 떨어져 밥을 먹지 못해 아기 먹을 젖이 나오지 않는다고 했다. 엄마는 먼 산을 보며 복 타령을 하다가 내가 알아듣지 못하는 말로 중얼거리곤 했다. 어쩌면 아버지에 대한 원망이었는지 모른다. 내가 동생 때문에 학교도 가지 않자 엄마는 어디선가 식량을 얻어 와서 묽은 죽을 쑤어 먹고 다시 젖이 나왔다. 그렇게 며칠이 지나자 엄마가 이제 학교에 가라고 했다. 이제는 아기를 아무에게도 줄 수 없다고 이렇게 젖도 잘 먹는데, 엄마가 어떻게 해서든 키울 거라고 했다.

엄마는 반장이 되었다. 농사일 할 일꾼들을 모아주는 일이었는데 엄마는 다섯 아이와 자신의 생계가 달린 그 일을 억척스럽게 해냈다. 엄마는 결국 집을 옮기지 않았고 몇 해가 걸려 아버지의 노름빚을 갚았다.

엄마는 집에 돌아오면 쉴 새 없이 말을 했다. 언제나 남편 복 없는 년이라는 말을 앞세우고, 집안일을 잘하지 못하는 나를 향해 모든 불만을 쏟아냈다. 나는 아이들이 우글거리는 좁은 방을 엄마 마음에 맞게 반짝반짝 빛나게 해 놓을 수 없었다. 나도 어린 나이였는데 엄마는 무엇이든 할 수 있는 나이로 착각하는지 마음에 들지 않으면 말을 안 듣는다고 잔소리를 했다. 그 잔소리 앞에는 남편 복 없는 년이 항상 등장했다. 나는 나대로 하루가 고달팠다. 엄마 대신 집안일하고 동생들 밥 챙겨 먹이고 나면 숙제도 못 할 때가 많았다.

나는 엄마가 말을 많이 하면 할수록 말을 하지 않았다. 엄마는 남편 복 없는 년이라 딸마저 입을 다물고 있다고 쉴 새 없이 잔소리를 했다. 나는 소리 내어 말하지 않았지만 마음속으로 엄마가 얼마나 힘든지 알고, 엄마를 위로하고 싶지만 어떻게 해야 하는지 모르겠다고 외쳤다. 처음엔 그랬다. 시간이 지날수록 나는 내가 싫었다. 엄마가 잔소리를 쏟아 부어도 아무말 못하는 내 자신이 싫었다. 엄마의 하소연을 그칠 무슨 말을 해야 할 텐데, 나는 말을 못했다. 무슨 말을 어떻게 할지 몰랐다.

말을 하고 싶었다. 남편 복은 없을지 몰라도 자식 복은 있을 것이라고. 내가 꼭 엄마를 복 많은 사람으로 만들어 줄 것이라고 말하고 싶었지만 입이 떨어지지 않았다.

엄마가 돌아올 때쯤이면 어질러져 있는 방을 대충 치워 놓곤 했다. 그날은 셋째 동생이 감기 기운이 있었는지 몹시 칭얼거려 방 치우는 것을 잊어버리고 있었다. 아이들 옷가지며 동생들이 숙제를 하다말고 펼쳐놓은 공책과 책들이 뒤섞인 방을 보고 엄마는 푸념을 하다 내가 태어나면서 엄마의 불행이 시작 되었다고 말했다. 내가 엄마를 불행하게 만든 장본인이라는 말은 섬뜩했다. 그동안 아버지 때문이라고 생각해 왔던 불행이 나때문이라는 거였다. 나 때문에 불행이 시작되었다는 말은 나를 더욱 힘들게 했다. 내가 태어나고 싶어서 태어난 것이 아닌데 나 때문에 엄마의 불행이 시작되었다는 말은 억지였다.

나는 무엇을 특별히 열심히 하고 싶지 않았다. 동생들을 돌보면서도 힘겹고 지겹기만 했다. 동생들이 사랑스럽기는 했지만 너무 힘들 때는 세상에서 사라져버리고 싶었다. 어딘가 숨을 곳이 있다면 감쪽같이 숨어버리고 싶을 때가 많았다. 그런 생각이 들면 대충대충 집안일을 하고 동생들도 내버려 두고 친구들과 놀았다. 친구들과 놀면서도 마음이 편한 것은 아니었다.

마음이 집 안에 머물지 못하고 탈출만 꿈꾸다 결국 일이 터지고 말았다. 두 살 아래 동생에게 동생들을 맡기고 친구들과 뒷산에 올라갔다. 처음부터 산에 올라갈 생각은 아니었는데 놀다 보니 산에 가자는 한 아이의 말에 모두들 마음이 맞은 것이다. 그날따라 누구 하나 산에 가자는 것에 싫다는 아이가 없었다. 마음이 척척 맞아 산에 올라가서 소리 지르고 놀다 어두워 질 무렵 내려왔다. 산에서 내려오다 갑자기 집에 두고 온 동생들이 걱정되어 걸음을 서둘렀다. 집으로 가는 길에 공동우물이 있었다. 그곳에 사람들이 웅성거리는 것이 보였다. 누군가 나를 발견하고 소리쳤다.

"어디 갔다 오니? 네 동생이 물에 빠져서 잘못되었다."

잘못되었다는 것이 무엇인지 얼른 감이 오지 않았다. 나는 공동우물로 달려갔다. 셋째가 땅바닥에 누워 있었다.

"왜 차가운 바닥에 누워 있어?"

나는 셋째를 흔들었다. 언니, 하고 금방 부를 것만 같은 동생은 꿈쩍도 하지 않았다. 이상했다. 어른들 얼굴을 쳐다보았다. 어른들이 혀를 찼다.

"우물에 빠져 있는 걸 건졌는데, 이미 죽었어."

나는 울면서 셋째를 흔들었다. 얼른 일어나라고, 일어나서 집에 가자고. 울고 있을 때 엄마가 달려왔다. 집에 오는 길에 소식을 들었는지 셋째를 안고 울부짖었다. 나는 정말 무서웠다. 엄마가 사실을 안다면 나를 가만두지 않을 것이 분명했다. 나는 슬금슬금 엄마를 피해 집에 갔다. 동생들은 집안을 난장판 쳐놓고 잠들어 있었다. 자고 있는 동생들을 깨워 셋째가 언제 나갔는지 물었다.

"물 먹고 싶다고 아까 우물에 갔어."

집에 길어다 둔 물도 없었다. 나는 부랴부랴 방 정리를 하고 동생들 밥을 먹였다. 엄마를 기다리다 잠이 들고 말았다. 다음 날 엄마는 동생들하고 아침 챙겨 먹고 학교 가라고 하면서 막내를 업고 일찍 나갔다. 무슨 영문인지는 몰라도 혼나지 않은 것을 다행스럽게 생각하면서 동생들을 챙겼다. 엄마는 며칠 동안 넋 나간 사람처럼 말도 하지 않고 지냈다. 말이 없는 엄마는 견디기 힘들었다. 차라리 동생들 돌보지 않고 돌아다닌 것을 야단치면 좋겠다는 생각이 들었다. 엄마 눈치만 살피다 물었다.

"엄마, 셋째는 어디 갔어요?"

엄마는 기다렸다는 듯 울기 시작했다.

"남편 복 없는 년 몸에서 난 새끼들은 부모 복도 없고 오래 살 복도 없고 어찌할거나."

엄마는 그동안 입을 다물고 있었던 것이 한꺼번에 터져 울면서 신세타령을 했다. 온몸을 쥐어짜듯 엄마의 울음은 처절했다. 나와 동생들도 덩달아 울다 지쳐서 잠이 들었다.

다음 날 아침부터 엄마가 아침밥을 챙겨 주었다. 내가 밥을 먹고 있는데 엄마가 불쑥 말을 꺼냈다.

"셋째 년은 하늘나라 갔어. 지지리 가난한 엄마랑 사는 것보다 거기가 더 좋을지 모르겠구나."

남 이야기하듯 엄마의 표정은 차가웠다. 너무 슬프면 저런 얼굴이 되는 것이라고 나는 생각했다.

셋째가 물에 빠져 세상을 떠난 이후 나는 잠잘 때마다 몰래 울었다. 엄마는 '내가 죽어도 그렇게 울까' 하는 생각이 자주 들었다. 엄마는 내가 죽으면 그렇게 울지 않을 것 같아 서러웠다. 나 때문에 힘든 인생이 되었으니 내가 없어지면 더 편하게 생각할 것 같았다. 생각을 하다 보면 나도 모르게 눈물이 흘러내렸다. 셋째가 떠난 이후 친구들과 어울려 다니지는 않았지만 엄마 앞에서는 말을 하지 않는 아이가 되었다.

집을 떠나고 싶다는 생각은 더욱 간절해졌다. 집 나간 아버지가 나만 데리고 가주는 상상도 해보았다. 아버지는 내가 중학교 2학년 때 집으로 돌아왔다. 병이 깊어진 상

태였다. 아버지 얼굴이 누렇게 뜨고 배가 불룩했다. 숨이
차서 말도 잘 못했다. 아버지는 집으로 돌아온 지 얼마
되지 않아 세상을 떴다.

아버지가 세상을 떠난 이후 엄마는 더욱 남편 복 없는
타령을 했다. 나는 중학생이었지만 김치도 잘 담그고 살
림도 잘했다. 나를 데려가 줄지도 모를 상상의 아버지가
세상을 떠나면서 집을 나가고 싶다는 생각을 어쩔 수 없
이 포기했다. 어린 동생들이 짠하면서도 나도 아직 어린
데 동생들의 무게를 감당하는 것이 힘겨웠다.

늘 엄마에게서 벗어나고 싶었던 나는 몸집이 크고 건강
해 보이는 남자와 빨리 결혼했다. 결혼하고 두 달 만에
임신을 했다. 입덧이 심해서 잘 먹지도 못하고 겨우 몇
숟가락 먹으면 다 토해냈다. 입덧이 너무 심해서 냉장고
근처에도 가지 못했다. 냄새가 너무 싫었다. 남편 밥도 해
주지 못했다. 밥 냄새는 정말 몸서리가 쳐지게 싫었다. 기
진맥진해서 거의 누워서 지냈다. 아무것도 먹지 못하고
누워서 죽은 듯이 지내는데, 엘피가스 통 배달 일을 하는
남편도 어느새 들어와 낮잠을 잤다.

신혼집은 거실과 상하 방 두 칸짜리였다. 비좁은 집이었
다. 남편은 거실과 방으로 통하는 문턱을 베고 잠을 잤다.

가뜩이나 힘든데 화장실에 가려면 문턱에 걸쳐진 남편 머리를 조심하느라 더 힘들었다. 나는 입덧을 같이 하는 남편이 있다던데 나처럼 입덧을 하나 생각했다. 일도 고되고 입덧도 하려니 생각한 것이다.

배가 조금씩 불러오면서 심하던 입덧이 가라앉았다. 남편은 여전히 아침에 나가서 가스배달을 하고 들어와 문턱을 베고 잠을 잤다. 아무래도 입덧이 아니라 병이 있는 것 같았다. 이상한 생각이 들어 남편에게 어디 아프냐고 물었다.

"내 병은 내가 알고 있으니 알아서 할 거야."

뜻밖이었다. 자기 병을 알고 있다니.

"그 병이 무슨 병이냐고?"

나는 깜짝 놀라 닦달을 했다

"간염이야."

남편에게 간염이 있다는 얘기를 듣고 나는 당황했다. 남편은 간염은 쉬면 좋아진다며 입을 다물어 버렸다. 만삭이 되어도 남편은 여전히 문턱을 베고 잠을 잤다. 잠자는 시간이 점점 길어졌다.

"간염이 쉬면 좋아진다지만 너무 오래 그러는 거 아니야? 다른 병이 생겼을지도 모르잖아. 합병증이랄지, 악화되었달지."

남편은 끄떡 하지 않았다.

"간염이면 처음부터 그렇게 말해줬어야지. 이게 뭐야?"

뭔가 석연치 않았다. 미리 말해주었으면 적어도 술은 마시지 못하게 했을 것이다. 간염이란 사실을 전혀 모르고 저녁이면 안주를 준비해서 술상을 차려 주곤 했다. 말수가 없는 남편은 술을 몇 잔 마시면 시키지 않은 이야기를 제법 했기 때문에 이야기가 듣고 싶어서 술상을 준비하곤 했었다.

"간염 말고 나한테 말하지 않은 것 있으면 지금 다 말해. 뭘 알아야 적절히 대처를 하지. 모르니까 간염 걸린 사람한테 술을 먹이고 그랬잖아."

남편은 입을 닫아버렸다. 눈을 내리깔고 신문만 열심히 들여다보았다.

남편은 결혼 첫날부터 이상했다. 제주도로 신혼여행을 갔는데 호텔에 들어가자마자 침대에 드러누워 잠을 잤다. 저녁 먹으러 갈 때 겨우 일어났다. 저녁을 먹고 힘이 났는지 근처 통닭집에 가서 술을 한 잔 씩 마셨다. 남편은 호텔에 가서 옷도 벗지 않고 잠을 잤다. 신혼 첫날밤인데. 나는 김이 샜다. 통닭집에서 마신 술기운이 올라와 노래방에 가서 노래도 부르고 재미나게 지내고 싶었다. 나는 혼자 호텔을 나와 노래방에 갔다. 한 시간 동안 목이 터져라 노래를 불렀다. 생각할수록 어이없어서 높은 음으로 내지르는 노래를 선곡해서 불렀다. 같이 결혼식장에 있었고 같이 비행기를 탔고 다 같이 했는데, 나는 멀쩡한데 왜 이 사람은 비실거리는지 이해가 되지 않았다. 신혼여행 내내 의문투성이었다. 남편은 신혼여행 동안 아침에 일어나서 같이 제주도 구경을 하고 같은 밥 먹고 같이 움직였는데 저녁이면 맥을 못 추었다. 신혼여행은 마치 친구랑 놀러온 듯 끝났다. 나는 돌아오는 비행기에서 투덜거렸다.

"무슨 신혼여행이 이렇게 맥 빠지고 재미없어?"

남편은 입을 다문 채 아무런 대꾸도 하지 않았다.

지금 생각하면 참으로 이상한 일이었는데 나는 아무런 의심을 하지 못했다. 몸이 많이 피곤해서 그랬겠지 애써 나를 달랬다.

병원 대기실에 사람들이 점점 줄어들었다. 나는 의자에 앉아 등에 업은 아이를 내려 남편에게 맡긴 뒤 분유를 탔다. 배가 고팠는지 아이는 분유를 꿀꺽꿀꺽 잘 먹었다. 아이의 눈을 바라보았다. 아이가 손을 뻗어 내 얼굴을 만지며 분유를 먹었다. 아이가 이렇게 어린데 애 아빠가 중병이라도 걸렸으면 어떻게 할까 하는 생각이 스쳤다. 아니야, 아닐 거야. 나도 모르게 도리질을 했다. 백일이 갓 넘은 아이의 눈을 맞추며 머릿속은 헝클어지기만 했다.

첫 번째 진료를 받으러 온 날은 아이를 시어머니에게 맡기고 왔었다. 두 번째 병원에 오면서 나는 아이를 데리고 왔다. 백일이 갓 넘어 낯을 가려 마음에 걸렸기 때문이다. 대기실 의자에 엉거주춤 앉아서 남편 이름을 부르기만을 기다렸다. 분유를 먹고 난 아이는 엄마 품에 안겨서인지 잠을 달게 잤다. 남편 이름이 불리자 아이를 안은 채 얼떨결에 진료실에 같이 들어갔다.

의사는 한참 컴퓨터 화면 이곳저곳을 클릭하고 있었다. 품에 있던 아이가 일어나려는지 꿈틀거렸다.

"병명이 뭔가요?"

급한 마음에 내가 먼저 입을 뗐다. 의사는 한참 뜸을 들였다. 컴퓨터 모니터를 들여다보며 무슨 말을 할 것인지 생각하는 것 같았다.

"간경화에요. 수포도 여러 개 보이고……"

간경화라는 말에 가슴이 철렁 내려앉았다.

"애 아빠는 간염이라던데요, 간염이 많이 악화된 건가요?"

나는 제발 아니기를 바라는 마음으로 물었다.

"네, 간경화가 확실해요. 초음파 검사 했잖아요. 그게 가

장 확실해요. 대개 증상을 상, 중, 하로 나누기도 하는데
요, 아주 누워서 아무것도 하지 않고 있을 필요는 없어요.
하던 일 그대로 하고 약 열심히 먹고 3개월 뒤에 다시 검
사해 봅시다."

 의사는 상, 중, 하 어떤 것에 속하는지 속 시원하게 말
해주지 않고 얼버무렸다. 나도 겁이 나서 어느 정도인지
꼬치꼬치 캐물을 수 없었다.

"담배도 해롭나요?"

 남편은 그 와중에 담배 이야기를 했다. 의사는 또 망설
였다.

"담배는…… 사실 그게 그거예요."

 나는 제발 해롭다고 해주기를 간절히 바라며 의사의 말
을 기다렸다.

"담배는 폐에 나쁘죠. 그래서 안 피우면 좋겠지만 정 끊
을 수 없으면 어쩔 수 없죠."

 저놈의 의사는 뭔 말을 저렇게 하는 건지. 의사에게 화
풀이라도 하고 싶었다. 진료실 밖으로 나오자 나는 바닥
에 주저앉아 울고 싶었다. 두 다리를 뻗고 엉엉 울어버리
고 싶었다. 몸부림을 치고 악을 쓰면서 울고 싶었다. 남편
은 알고 있었다. 간염이 아니라 간경화였던 것을. 병을 나
한테 숨기려고 했던 것이다.

"내 간이라도 떼서 수술해야지."

시어머니는 예견했다는 듯 말했다.

"느릅나무 달인 약은 잘 먹고 있지?"

갑자기 시어머니는 화제를 느릅나무로 바꿨다.

"어머니, 느릅나무는 간에 좋은 것이 아니라 위에 좋대
요. 종기 같은데도 잘 듣지만 간에는 아닌가 봐요."

시어머니는 갑자기 화를 냈다.

"네 마음대로 안 주면 어떻게 하냐?"

"나도 잘 모를 때는 따뜻하게 데워서 코앞에 대령했죠.
안 먹어요. 병원에서 타 온 약도 안 먹어요. 억지로 입
벌려서 털어 넣을 수도 없잖아요."

살기 싫은 사람 같아요, 라는 말이 목구멍까지 올라왔다.

"지금 미칠 것 같은 사람은 나예요. 애는 이제 겨우 백
일 넘었죠, 집도 없죠, 가진 돈도 없죠, 남편은 중병이죠,
어쩌라고 저한테 시비를 걸고 그러세요?"

시어머니는 벌떡 일어났다.

"네가 복이 없어서 그래."

한마디 남기고 찬바람을 날리며 가버렸다.

시어머니 집에서 더 먼 곳으로, 아예 다른 동네로 이사
를 했다. 툭하면 찾아와서 상처를 주는 시어머니로부터

멀리 떨어져 살고 싶었다. 남편 친구를 통해서 빈 집을 찾았다. 동네에서 한참 떨어져 들판 한가운데 있는 집은 오래 비어 있었다. 집주인은 집세는 받지 않을 테니 고장 난 곳이 있으면 알아서 고치면서 살라고 했다. 해남 우슬 재를 넘어서 강진 방향으로 한참을 가는 곳에 있는 집 주 변에는 논과 밭만 있었다. 가까운 곳에 만의총이라는 고 분이 있었다. 의병 1만 명이 일본군에 맞서 싸우다 죽은 곳이라는데. 1만 명이라는 숫자는 나에게 와 닿지 않았 다. 나는 속이 답답할 때 만의총에 가서 앉아 있다보면 왠지 모르게 마음이 편안해지곤 했다.

통장에 잔고가 없었다. 남편에게 그 말을 하고 아이를 데리고 만의총에 갔다. 봄볕이 따뜻해 집으로 가고 싶지 않았다. 꽤 긴 시간 아이를 데리고 제비꽃을 보여주면서 놀았다. 답답한 마음이 조금 풀리는 듯했다.

마음이 풀려 아이를 데리고 집에 들어서는데 남편이 환 하게 웃으며 맞았다.

'저 웃음은 뭐지? 나 없는 동안 좋은 일이라도 생겼나?' 생각하는 순간,

"친정에 가서 돈을 구해 왔어?"

생각지도 못한 남편의 말이었다.

"친정에서 당신 아프게 했어? 무슨 돈을 달라고 해?"

나는 정색하고 대꾸했다. 남편이 웃을 일이 내가 친정에 가서 돈을 가져오는 것이었다니. 남편의 병명을 알게 되던 날 울부짖고 싶었던 것보다 더 크게 목 놓아 울고 싶었다. 남편은 몸만 병든 것이 아니라 정신마저 병들었다. 오기를 부리는 것인지, 염라대왕과 이야기해둔 것이 있는지, 남편은 약을 전혀 먹지 않았다. 석 달 뒤에 오라던 병원에도 가지 않았다. 일도 하지 않았다. 하루 종일 누워서 잠을 자거나 책을 읽었다.

보다 못한 남편 친구가 나에게 일자리를 알선해 주었다. 월급은 최저임금도 되지 않았다. 나는 남편을 하루 종일 안 보는 것만으로 만족했다. 첫 출근을 하려는데 남편이 작업복을 입고 있었다.

"뭐 하는 거야?"

남편은 아이를 데리고 일하러 간다면서 먼저 출발했다. 또 한 번 마음속 깊은 곳에서 불길이 솟아올랐다. 그동안 아무것도 하지 않고 누워만 있었던 이유가 나를 일하러 보내기 위해서였던가. 이미 중병환자인 남편에게 기대 할 것도 없었지만 실망이 크다 보니 나는 절망에 빠졌다.

남편과 나는 말을 하지 않고 지냈다. 말을 하지 않는 건 남편의 특기였다. 조금만 마음에 들지 않으면 우선 말부터 하지 않았다. 나는 속으로 쪼잔한 놈이라고 욕을 했다.

'쪼잔하고 찌질하고 못난 놈.' 남편을 볼 때마다 속으로 내가 아는 욕을 모조리 했다.

몹시 피곤한 날이었다. 저녁을 지을 힘도 없었다. 그때 남편이 시댁에서 아이를 데리고 왔다. 내가 퇴근하는 시간에 맞춰서 아이를 데려다 준 것이었다. 이제 돌이 지난 이이는 제멋대로 굴었다. 남편은 아이에게 쩔쩔맸다. 아이가 울면 아이를 데리고 무조건 동네 구멍가게로 달려갔다. 아이에게 쩔쩔매는 꼴이 하도 기가 막혀 나도 모르게 속으로만 했던 욕을 소리 내어 하고 말았다.

"애한테 강압적으로 하라는 것은 아니지만 안 되는 것은 안 된다고 해야지, 그렇게 쩔쩔매면 애가 버릇이 나빠지지. 가뜩이나 요즘 아이들 버릇없이 크는데 그렇게 애한테 쩔쩔매면 어떡할 거냐고?"

말을 내뱉고 욕설을 퍼부은 나는 나에게 놀랐다. 아니, 내가 이런 욕설을 하다니. 남편은 질세라 정말 쌍욕을 했다. 남편에게는 이미 실망할 대로 실망을 했기 때문에 욕설을 심하게 하든 말든 상관하지 않았다. 다만 내가 그런 욕설을 한다는 것이 믿어지지 않았다. 이렇게까지 하면서 살아야 하는가 라는 생각이 들었다. 이렇게 살아서 뭐하지? 나는 매일 슬펐다.

남편이 내 앞으로 툭, 던지듯 봉투를 내려놓았다.

"뭔데?"

그동안 일을 하면서도 월급을 가져다주지 않더니, 무슨 일인가 싶었다.

"생활비."

얼른 봉투를 열었다. 이십오만 원이었다. 숨이 컥 막혔다.

"이십오만 원으로 어떻게 생활비를 하라는 거야? 월급은 다 어쨌어? 어머니 갖다 주는 거야? 뭘 하느라 돈을 안 주는 건데?"

남편은 다시 입을 닫았다.

"말을 하기 싫으면 지금부터 말 안 한다고 예고해 줘. 그리고 한 집에 살면서 말을 하지 않고 살면 남보다 못한 거야. 계속 그렇게 말 안 하면 남 되는 거라니까. 그 끝이 빤하지 않아?"

남편은 내가 무어라 하던 입을 다물어버렸다. '통장에 잔고가 없어지니까 함부로 해도 된다고 생각한 걸까?' 불현듯 이별이 떠올랐다. '이별하기 위해 수작을 부리는 것일까?' 통장에 잔고가 없다는 말을 하고 고분에 갔다 오던 날 환하게 웃으며 반겼던 그날부터였다. 친정에 가지 않고 고분에 갔다는 말을 듣고 남편의 환하게 웃던 얼굴이 금세 어두워졌다. 그 얼굴을 잊을 수가 없었다. 그때 남편도 이별을 생각했던 것은 아닐까.

 불면증이 생겼다. 밤이면 불을 끈 채 온갖 생각들을 다 끄집어내서 분석하고 해결해보려고 했다. 어디서부터 잘못된 것일까. 인정하고 싶지 않았지만 처음부터 나는 남편의 거짓말에 속았다. 남편은 중병이 있으면서 안 아픈 척했다. 학창 시절 유도를 했다는 남편은 얼굴이 유난히 까만 것만 빼면 건강해 보였다. 나는 철부지처럼 말했다. 몸만 건강하면 아직 우리 나이가 젊으니까 금방 일어설 수 있을 거라고.
 '정말 제대로 속았어.' 처음부터 간경화에 걸렸다고 말했다면 나는 결코 남편과 결혼하지 않았을 것이다. 나한테 말을 안 했더라도, 스스로 약을 먹고 관리를 했더라면 지금처럼 되지는 않았을 것이다. 속았다는 생각을 하며 부르르 떨다보니 잠은 더 멀리 달아났다. 남편은 곰처럼 말은 안 해도 속은 천년 묵은 여우가 몇 마리 있었던 셈이다. 내가 세상을 너무 만만하게 본 것일까. 아니면 정말 복이 없는 걸까. 온갖 생각을 하다 결국 나는 그것이 내 복이 아니라 속았다는 생각으로 돌아갔다.
 '이건 사기 결혼이야. 내 인생 전체를 건 사기극이야. 내 인생을 쓰레기 취급한 거야. 아무렇게나 해도 된다고 생

각한 거야.'

잠은 점점 더 멀리 달아났다.

나는 쉬는 날이면 하루 종일 돌아다녔다. 밥도 먹지 않고 바닷가에 가서 앉아 있다 오거나 무작정 돌아다녔다. 남편이 가끔 아이를 데리고 가지 않을 때가 있었다. 그런 날은 내가 출근길에 아이를 시댁에 맡기러 갔다. 보고 싶지 않은 시어머니를 봐야 했다. 모자 합작해서 나를 속였으면서 내 복 타령을 하다니. 마음속은 분노로 끓어올랐다.

나를 속인 것이 모자 합작이라는 걸 알게 된 것은 우연이었다.

"교통사고 났을 때 병원에서 간이 좋지 않다고 치료 받았지?"

시어머니가 말을 꺼냈다.

"간은 자동차보험이 적용되지 않아서 자비로 해야 한다고 했었죠."

남편은 또 신문을 보며 대답했다.

"그때 치료비가 꽤 많이 나왔어. 그런데 그때 치료했는데 왜 낫지 않고 이렇게 간경화까지 된 걸까?"

"간염 재발이 잘 된다나 봐요."

설거지를 마치고 부엌에서 나오던 나는 두 사람의 이야

기를 듣고 말았다. 두 사람 다 내가 듣고 있다는 걸 모르고 한 말이었다. 두 사람을 노려보았다. 그때서야 아뿔싸 했는지 시어머니가 부랴부랴 방에서 나가버렸다. 남편은 주특기인 입 다물기로 버텼다.

"나를 속였으면 마음씨라도 곱게 써. 내가 무엇 때문에 이런 벌을 받고 있는지 모르겠지만 당신도 결국 벌을 받을 거야."

약도 먹지 않고 버티던 남편의 건강이 급속도로 나빠졌다. 결국 간성혼수로 쓰러져 병원에 입원했다. 아이를 업고 매일 병원에 가서 남편의 상태를 살폈다.

그 와중에 엄마가 입원을 했다고 연락이 왔다. 엄마도 남편이 간경화라는 것을 알고 있었지만, 쓰러져 병원에 입원한 것은 모르고 있었다.

엄마는 장염이 심해 입원해 있으니 아무것도 살 필요는 없고 그냥 다녀가라고만 했다. 혼자 아이를 데리고 엄마가 입원한 병원에 갔다. 장염이라니 먹을 것을 사지 않고 양말과 속옷을 사서 병원에 갔다. 엄마가 입원한 병실 앞에 갔을 때 이름을 확인하지 않아도 알 정도로 엄마는 큰 소리로 이야기를 하고 있었다.

"우리 아들은 서울에서 사업을 하는데 한 번 휘청한 적이 있었지만 자금을 대 주었더니 금방 일어서서 지금은 종업원이 30명이 넘는 큰 회사 사장이에요. 큰 딸은 곧 올 텐데, 어찌나 복이 많은지, 딸 중에서 제일 예쁘게 생겼고 시집을 잘 가서 사위가 1년에 세금을 3, 4억 내는 회사를 운영하고 있어요. 딸 집을 가보았는데 아파트가 60평이 넘어서 운동장 같아요. 우리 큰딸이 아주 복덩이라니까요."

내가 언제부터 엄마에게 복덩이였던 걸까. 남편 복 없는 년은 자식 복도 없다고, 그렇게 외더니. 엄마의 이야기를 들으며 나는 내 행색을 살폈다. 1년에 3, 4억씩 세금을 내며 사는 안 주인의 행색으로는 너무 초라했다. 엄마는 남들에게는 남편 복 없는 년이 아니라 자식 복이 터지는 사람 행세를 하고 있었다.

엄마의 이중적인 모습을 목격하고 마음이 착잡했다. 남편도, 시어머니도, 나도 그런 이중성은 다 있을 거라는 생각이 들었다. 그 이중성이 용납되지 않더라도 이미 그 안에 속해 있는 한 그냥 맡겨보자는 생각이 들었다. 나는 엄마와 마주칠까 봐 얼른 그대로 병원을 나와 집에 돌아왔다. 내가 아니라도 동생들이 엄마를 어떻게든 보살피겠지, 스스로 위로하며.

남편은 간경화 말기였다. 담배는, 사실 그게 그거라던 의

사의 말은 남편의 간이 이미 간경화 말기로 진행되어 손
쓸 수 없다는 말이었다. 그러니 담배를 피워도 그만, 안
피워도 그만이라는 이야기였다. 하루가 다르게 얼굴이 검
어지던 남편에게 간성혼수가 왔다. 복수가 차서 배가 팽
팽하게 부풀어 올랐다. 남편은 온갖 의료기의 줄을 달고
중환자실에 누워 있었다.

 나는 병원에 입원해 있는 엄마 얼굴은 보지도 못하고,
중환자실 복도에서 아이를 업은 채 남편의 면회 시간을
기다렸다. 엄마는 아버지가 없는 동안을 어떻게 버텼을까.
집을 나갔지만, 어디선가 살아있다는 희망이 있을 때가
좋았을까, 아니면 아예 아버지가 돌아가신 후가 좋았을까.
그도 아니라면 출산을 앞둔 마누라가 숨겨둔 돈을 들고
나가 도박으로 인생을 망친 남편을 기다리기는 했던 걸
까. 그 기다림에는 희망이라는 것이 있었을까. 화가 나면
말을 하지 않던 남편은 이제 정말 아무 말도 하지 못했
다. 시어머니는 오늘도 병원에 찾아왔다.

 "애비는 어쩌냐. 아이고, 지지리 복도 없는 년. 니 복이
없으니, 이 모양이지."

 이젠 귀에 못이 박일 때도 되었건만, 시어머니의 복 타
령은 왜 늘 비수가 되어 꽂히는지 알 수 없었다.

 복 없는 년……, 나도 모르게 등에 업은 아이를 보고 흠

칫 놀라 내 입을 틀어막았다.

욕망의 변증법

이원화_소설가

　임미나 작가를 만나게 된 것은 광주·전남작가회의의 여러 행사에서였다. 나는 그때 광주·전남작가회의 간사로 실무를 맡고 있었다. 하마 20여 년이 훌쩍 넘는 세월이다. 무릇 문학 행사라는 게 손이 많이 가는, 늘 누군가의 지지와 봉사가 필요한 일 아니던가. 임미나 작가는 해남에서 광주로 직접 자동차 운전을 하고 와 행사에 참석하곤 했는데, 늘 말없이 행사를 거들어 주곤 했다. 그가 해남에서 활동 중인 '땅끝문학회' 회원으로 소설을 쓴다는 이야기를 들었다. 매년 발간하는 『땅끝문학』을 통해 그의 소설을 볼 수 있는 행운도 얻었다. 임미나 작가는 '땅끝문학회' 결성 멤버다. 2020년 『땅끝문학』 21호가 발간되었으므로, 임미나 작가의 활동도 그만큼의 연륜을 지닌 것이다.

 3년 전 광주·전남작가회의의 기관지인『작가』신인상으로 등단한 임미나 작가가 그동안 발표한 소설을 묶어 소설집 『벼꽃』을 발간한다. 자신의 이름으로 책을 발간한다는 것은 누구에게나 큰 기쁨이자, 무거운 책임감이다. 그동안의 오랜 인연으로 임미나 작가의 첫 책에 해설을 쓰겠다 자청했으나, 마음이 무겁다. 그의 삶의 연원(淵源)이 담긴, 소설에 대한 애정에 제대로 화답을 할 수 있을까 싶은 염려 때문이다. 그의 작품을 읽고 또 읽는 것으로, 마음의 밑줄을 그으며 시작해보려 한다.

소설적 욕망의 층위

 임미나 작가는 소설집『벼꽃』에서 소설 주인공의 다양한 층위를 가감없이 보여준다. 그의 사회의식이 돋보이는 점이라 할 수 있겠다. 인간의 계급을 甲乙丙丁으로 나눈다면 임미나 소설의 주인공들은 아마 을과 병을 지나 정쯤이 아닐까. 갑을병정의 기준이 자칫 경제적 기준이 아닌가 걱정이 앞서지만, 그들의 사회적 현주소가 경제적 위상과도 맞물려 있음을 부인할 수 없다.

인간의 사회적 위상이 어떻든 인간이라면 누구나 기본적 삶의 필요조건으로 사랑이 필요하다. 사랑은 사랑하는 사람과 함께 있고 싶고 일체가 되고 싶은 강렬한 욕망, 열정으로 투신하게 한다. 결국 사랑에 빠진다는 것은 상대의 매력(魅力)에 매혹(魅惑)되었다는 말이다. 매력(魅力)과 매혹(魅惑)이라는 글자 속에는 '이해하기 힘들다'는 뜻의 도깨비 매(魅)자가 포함되어 있다. 마치 도깨비에 홀리듯 하루에도 수만 번 천국과 지옥을 넘나드는 이해하기 힘든(?) 인간의 선택은 사랑의 특권이자 속성이다. 여기 사랑의 특권으로 천국과 지옥의 롤러코스터를 타는 사람들의 이야기가 있다.

돈을 들고 튄 남자친구를 기다리며 하염없이 편지를 쓰는 10대 미혼모의 이야기「향기」 한때 사귀었던 여자친구와의 영상이 결혼식을 한 달 앞두고, 결혼할 남자의 눈에 띄어 파국을 맞는「눈」의 주인공 20대 여성. 예비부부인 그들이 그동안 침대에서 뒹굴며 즐겨봤던 영상은, 당연히 불법 촬영 영상이었음에도 타인의 영상이었기 때문에 문제가 되지 않는다. 교통사고로 부모와 오빠를 잃은 20대 여성 주인공의 할머니와 동거의 불협화음과 화해를 다룬「바람의 집」. 모든 것을 며느리의 복 없음으로 몰아세우는 시어머니를 둔, 신혼 첫날밤도 제대로 치르지 못한 30 대 여성의 무기력한 삶과 불행의 대물림을 그린「복」. 남 편 사업 실패 후 남편의 본가가 있는 섬으로 귀향하여, 시어머니가 당한 성폭행을 자신이 당하지 않은 것에 안도 하는「섬」. 노란 포대를 들고 구걸로 '십 원만 주세요'를 외치며 길 위에서 근근이 살아가는 40대 여성 주인공의 「벼꽃」에서, 구걸 행위마저도 남편과 살아내기 위한 처절 한 투쟁이었음을 보여준다.「봄날」에서 50대 또는 60대 여성에게 남은 건 레빈 튜브, 콧줄을 꽂고 침대에 묶여 있거나 환시(幻視)에 시달리는 병든 몸뿐이다.

 임미나 작가의 소설 속 여성들의 삶은 한결같이 각박하 다. 작가의 선택이 우연인지 의도인지 알 수 없으나 모든 주인공이 여성이면서, 그 여성들은 모두 상처받은, 이별 또는 죽음으로 배신하는 남자의 그늘에 가려진 여성들이 다. 작가는 그럼에도 불구하고, 주인공 여성들의 각박함을 선(善)으로 포장하지 않는다. 그들 나름의 이기적이고 파 렴치함까지도 사실적으로 그려냄으로써 포장하지 않고 날 것 그대로의 생생한 현장의 목소리를 들려준다. 이기적이 거나, 착하기만 한 그들이 보여주는 삶의 현장이 우리들 의 총체적 모습이자 우리 사회의 단면일 수 있다.「향기」 의 미혼모,「눈」의 동성애,「바람의 집」의 조손가정,「봄날」

에서 사실적으로 보여주는 요양원의 현주소,「섬」의 성폭력 피해를 감추기에 급급한 여성 노인 등을 통해, 책상에서 글을 쓰는 것이 아닌, 현장에서 몸으로 부대끼며 글을 쓰는 작가적 근성과 사회의식을 잘 드러내고 있다.

옛날부터 동냥은 못 줄망정 쪽박은 깨지 마라는 속담이 있음에도 불구하고 우리는 쉽게 충고한다. '한 푼도 주지 않으면서 비난만 두어 바가지 퍼붓고 등을 돌리'(47쪽)는 건 또 다른 나의 모습이 아니던가. 절망 속에서 스러져가는 이들을 일으켜 세울 사다리는 어디에 있는가?

자신의 실존적 필요(必要) 욕망

단편소설 8편으로 구성된 『벼꽃』에서 사회적·경제적·문화적·이데올로기적 층위들이 복합적으로 작용하고 있는 각각 주인공들의 욕망은 단순하다. 사랑에 다다르려는 이들의 욕망은 이들이 살아갈 근간이 됨으로써 철저하게 실존적 필요 욕망이되, 이상적 욕망의 발현이다. 그래서 더 아프다. 이들의 욕망은 지고지순한 사랑의 실현이다. 이기적 사랑이 아닌, 그 지고지순함이 이들을 파국으로 이끄는 촉매가 된다. '세상에 있는 시계를 모두 정지시켜

버리고 싶었'(46쪽)던 시간이 지나면 누군가는 먼저 떠나고 누군가는 남아있게 된다. 더 많이 사랑하는 자의 필패로 끝나는 사랑은 외면과 배신의 창이 되어 남은 자에게 꽂힌다. 「벼꽃」의 첫 문장은 '길을 걷고 있었다.'이다. 그 다음 문장 '땅 속에서 힘센 괴물이 잡아당기는 듯'을 통해 길을 걷는 행위가 자의가 아닌 타의임을 보여준다. 걷는 주체는 주인공 자신일지 모르나, 걷게 하는 힘은 타의였다. 결국 자신의 실존적 필요 욕망이 사랑의 힘으로 드러나는 것이다.

걷는 것은 기다림을 쟁취하는 한 방법이고, 그 기다림은 연속된다. 가난하다고 착한 것은 아니다. 그런 면에서 임미나 작가는 프로다. 작가는 사회적으로 길을 잃은 주인공들의 욕망을 통해 기다림마저도 욕망을 실현시켜 가는 과정일 수 있음을 소설을 통해 보여준다. 그 욕망의 끝이 기약 없는 이별이거나 죽음에 이를지라도. 어쩌면 이들의 욕망은 열매를 맺는 '벼꽃'이 아닌 물방울 꽃으로 대변되는 헛꽃이자 희망 고문이다. 내 몸에 달라붙어 아무리 몸을 털어도 빛이 있는 한 떨어지지 않는, 빛이 없어도 내 몸에 붙어 있는 그림자처럼 깊고 도저한 욕망으로 발현되는 사랑은 짧고 상처는 깊다.

「눈길」에서 주인공의 직업은 사회복지사인데 교통사고로 사망한 남편의 치매에 걸린 어머니를 모시고 있다. 눈 내리는 날, 탈출구로 만난 또 다른 남자, 정묵마저 온전하게 주인공에게 오지 못한다. 그녀에게 남은 건 전 남편의 치매 걸린 어머니와 중증 장애자가 된 정묵뿐이다. 사회복지사의 책무는 타인의 복지를 실현하는 사람일진데, 그와 더불어 자신의 행복을 찾아야 함에도 불구하고, 그들을 보살펴야 할 법적 구속력이 전혀 없음에도 불구하고, 눈 쌓인 길, 경계가 지워진 길에서 헤매고 있다.

> 창문 너머 운동장에 쌓인 눈이 진서를 부르는 듯했다.
> '나와서 달려봐. 눈을 밟아봐. 발자국이 널 따라올 거야.'
> 손짓하며 속삭이는 것 같았다. 진서는 하염없이 창밖을
> 바라보기만 했다.(126쪽)

눈 내리는 토요일에 시작해, 눈 내리는 토요일에 끝나는 「눈길」에서 경계가 지워진 길, 경계를 지운 주체가 '눈'임에도 불구하고, '눈'을 통해 희망을 보려는 주인공의 의지가 슬프게 느껴지는 것은, 더 나아질 것이 없음이 확연하게 보이기 때문이다.

작가는 오랫동안 간호조무사와 유치원 교사를 병행하며

소설을 쓰고 있다. 그래서 누구보다 의료현장의 취약성을 잘 알고 있다. 무엇보다 놀라운 것은 간호조무사의 경우 구인광고는 경력자로 하면서도 거의 대부분 경력이 인정되지 않는, 최저시급 임금 노동자라는 사실이다.(물론 그렇지 않는 경우도 있겠지만, 대부분이 그렇다는 얘기다.)

작가는 간호조무사의 경험을 통해「눈길」, 「봄날」, 「섬」을 쓰고 있다. 요양원과 섬의 공통분모인 단절과 폐쇄성에도 불구하고 그들의 궤적을 사실적으로 그려냄으로써, 인간 중심의, 삶의 의미망을 구현하고 있다.

욕망의 실현과 대리, 기억상실

우리의 삶은 타인과 유기적 상호 작용을 함으로써 타인의 영향을 받는다. 우리 삶에 중요한 영향을 미치는 사람은 '의미 있는 타인(significant others)'이다. 긍정적 의미에서의 타인은 나를 지원하고 인정하며 함께 있으면 편안하고 재미있는 사람이며, 부정적 의미에서의 타인은 나에게 깊은 심리적 상처를 주었거나 나의 삶을 가로막고 있는 사람이다.

임미나 작가의 소설에서 타인은 부정적 의미에서의 타인

들이다. 이들은 주인공의 삶을 고립시키고, 악화시키는 주요 동인이다. 흔히 하는 이야기로 '소설을 더욱 소설적이게 하는 것은 착한 것은 더 착하게, 악한 것은 더 악하게'라고 한다. 리얼리즘 소설이라 할지라도 긍정과 부정을 더욱 강하게 함으로써 독자들이 이야기에 몰입할 수 있도록 하는 것이다. 그런 면에서 이 소설들은 의미 있는 타인이되 부정적 타인의 전형을 잘 그리고 있다.

 부정적 타인의 전형으로, 자신의 아이를 부정하고, 방 얻을 돈마저 훔쳐서 도망가는「향기」의 무책임한 아이 아빠, 「눈길」의 죽은 남편과 정묵의 사고,「눈」의 파혼을 선언하는 남자친구,「벼꽃」의 "야"로 불리는 남편, 이들 모두 주인공에게 심각하게 영향을 미치고, 더 나아가 주인공의 삶 자체를 무력화시킨다. 사실적 리얼리즘이 강한『벼꽃』의 소설들을 페미니즘적 관점으로 본다면, 시대를 역행하는 지극한 남성 의존적 사고가 부른 자기 파멸의 전형이라 할 수 있다. 하지만 소설 어디에도 남자에게 의존해서 살아가는 여성 주인공은 없다. 주인공은 주체적 삶을 살고 있다. 하지만 대상에 대한 욕망, 상대를 향한 열정이 자꾸만 주인공을 허방으로 내몰아간다. 욕망과 열정 사이, 아슬아슬한 그 외줄타기를 멈추는 데는 보다 튼실한 사회적 지지대가 필요하다. 주인공이 보다 튼실한 땅을 딛고 일어서서 건강한 사랑을 실현하는 방법으로 보편적 복지에서 한걸음 더 나아가 선택적 복지를 지향하는 까닭이다.

늙고 병들었거나, 사고로 건강이 나빠 요양원에 몸을 부린 사람들. 일생을 줄기차게 달려왔으나, 마치 유폐되듯 요양원에 깃든 사람들. 미래지향이 아닌 과거지향의 주인공들에 자꾸 눈길이 가는 것은 나 또한 나이 들어가고 있음을 느끼는 탓도 있을 것이다. 우린 기대 수명 100세 시대를 살고 있다. 그 100세의 의미가 요양원에서 하릴없이 시간을 죽이는 삶이 아니길 빌 뿐이다. 노년기를 인간관계의 해체 시기라고 볼 때, 어느 날 갑자기 찾아온 불행, 특히 신체의 부자유는 인간관계의 급속한 해체를 부른다. 청년은 미래를 꿈꾸고, 노인은 과거를 회상한다고 했다. 신체적 건강과 사회적 환경이 삶의 지향점을 굴절, 변화시키는 것이다.

> 기억은 믿을 만한 것은 아니었다. 똑같은 상황에 있었는데 누구는 또렷이 기억하고 누구는 전혀 기억나지 않기도 했다.(37쪽)

「봄날」에서 자폐성 치매에 걸려 환시 속에서 남편을 만나는 60대 여성은 의식적 기억상실, 즉 타자를 통해 자신을 확인하는 한 방법으로 의식적 기억상실이 동원된다. 그녀에게 이미 사망한 남편은 그녀가 가장 행복했던 시절의 기억 속에 머물러 있다. 함께 산방산으로 사진을 찍으러 다녔던 젊은 시절의 모습 그대로 나타나는 남편, 주인공은 애오라지 남편을 기다리지만, 기껏 나타나는 남편은 말을 건네지 않는다. 멀어서 갈 뿐이다.

이름 없는 사람들을 부르다.

임미나 작가의 소설 『벼꽃』은 사회적 약자라 할 수 있는 이름 없는 사람들을 호명한다. 이름은 변별적 개체로써 인간의 특성을 드러냄과 동시에 사회적 위상을 나타내기도 한다. 김춘수 시인은 꽃이라는 시에서 "내가 그의 이름을 불러주었을 때 / 그는 내게로 와서 / 꽃이 되었다."라고 했다. 꽃은 생명의 피어남을 의미하고, 결실을 의미한다. 결실이란 상호소통의 본질이 아니던가. 이름 없는 사람들을 일일이 호명하고, 그 상처를 쓰다듬어 화해에 이르는 길, 주인공들의 연령대별 다양성에서 더 나아가 이름 없는 사람들을 호명함으로써 이들이 처한 현실을 구체적으로 보여준다. 이런 다양성과 구체성이 작가가 사회적 현상에 대해서 늘 관심을 가지고 있다는 반증이며, 소설집

『벼꽃』의 강점이다.

> 야! 언젠가부터 그의 이름은 '야'였다. 나는 그를 '야'라
> 고 불렀다. 이름을 부르면 우리의 정체를 들켜버릴 것
> 같았다.(38쪽)

> 벼는 밤새 물방울을 데려다 제 몸 위에 매달고 있었다
> 니. 맑고 작은 물방울에서 빛이 났다. 세상에 이렇게 아
> 름다울 수가. 이렇게 아름다운 세상을 모르고 살아갈 뻔
> 했다니. 세상은 정말 아름다운데 나는 그에게 아름답지
> 못한 것만 안겨주었다는 생각이 불쑥 떠올랐다. 미안해.
> 나는 마치 벼가 그인 것처럼 속삭였다. 미안해. 미안한
> 마음을 외며 다시 길을 걷고 있다. 벼 잎사귀에 매달린
> 아름다운 물방울의 향연을 보면서 걷는다.(65~66쪽)

우린 언제나 너무 빠르거나 너무 늦다. 길을 나서지만
그 길은 이미 길의 경계를 지웠거나, 어디로 가는지도 모
르는 길이다. 「눈」에서 길은 어디로 가는지도 모르는 길이
요, 「눈길」에서 길은 경계가 지워진, 앞이 보이지 않는 눈
쌓인 길이고, 「벼꽃」에서의 길은 남편의 죽음을 확인하러
가는 길이다. 이제 남편의 죽음을 확인해야 할 시간, 경찰
서로 향하는 나를 부르는 것은 자연이다. 벼꽃이 필 때쯤
이면 여름 초입일 테고, (노숙인에게는 겨울보다 여름이

한결 견디기 수월한 계절이리라.) 주인공이 바라보는 벼꽃은 물방울 꽃이다. 진실을 말하자면 가짜다.

이른 아침에 길을 나선 자만이 볼 수 있는 꽃, 물방울 꽃, 그 꽃이 주인공의 고단한 삶을 어루만지는, 희망을 부르는 꽃이 되리라. 아니, 결단코 그 꽃은 희망의 꽃이어야 한다. '벼 잎사귀에 매달린 아름다운 물방울의 향연'은 '목숨만 붙어 있는 삶, 목숨은 붙어 있지만, 영혼이 난장판인 삶'에서 주인공의 영혼을 구원하는 희망가여야 한다.

목숨만 붙어있는 삶. 목숨은 붙어 있지만 영혼이 난장판인 삶. 이 남자가 없으면 그렇게 될 것이다. 그를 옆에 붙들어두려면 가끔 혼자 자는 것도 감수해야 했다. 그 밤 외로움과 무서움이 시간을 길게 늘려도 참아야 했다.(45쪽)

길을 걸으면서 생각했다. 그 많은 인간들 가운데 꼭 그 사람이어야 하는 이유가 무엇일까. 길들여졌기 때문일까. 그의 세계에 발을 디디고 살아오면서 내 세계를 상실해버렸을까.(48쪽)

나는 늘 남편을 향해 서 있었다. 그를 바라보며 눈부셔 했고, 가슴 벅찬 마음을 가졌고, 마음을 그의 세계에 모조리 가둬버렸다. 그가 돈이 필요하다면 어떤 짓을 해서

라도 마련해 주었다.(53쪽)

  나의 지친 몸을 누일 공간 집, 비가 새는 「바람의 집」 노숙으로 떠도는 「벼꽃」 시어머니에게서 독립하기 위해 집을 찾는 「섬」 이들에게 집은 그들의 삶이 안정되지 못한 불안한 삶임을 보여준다. 부동산 투기로 온 나라가 시끄러운 이때, 집을 찾아 떠도는 그들에게 투기는 딴 나라 이야기일 뿐이다. 사회적 구조의 모순이, 가난이 가난을 불러온다.

  문학이 문학일 수 있는 것, 약자의 아픔에 공감하는 것, 그래서 연대의식을 키워가는 것, 소설집 『벼꽃』을 찬찬히 읽으며 그들의 이야기에 귀를 기울일 때다.

  잘 보이는 것 같지만 실제로는 보이지 않는 것이 많습
니다. 현미경으로만 보이는 작은 바이러스 때문에 세계는
떠들썩합니다. 코로나 19로 죽어가는 사람이 많을수록 글
을 쓰는 사람으로서 해야 할 일이 많다는 무거운 책임감
을 느낍니다. 하지만 글쓰기는 어렵기만 합니다.

  제가 일하는 곳에서 마주한 사람들은 고독하고 지루해
보였습니다. 그들의 고독 속에 한 발 들어가 보려고 했고
지루함을 없애 보려고 했지만 어려웠습니다. 그들의 고독
을 지켜보고 지루함을 지켜보면서 얻은 생각은 시간의 속
도였습니다. 그들은 90킬로나 80킬로의 속도로 시간을 보
내고 있는데 내가 느끼는 속도로 그들의 시간을 쟀음을
알았습니다. 비록 빠른 속도로 시간이 지나가더라도 여전
히 고독하고 두 손, 두 발 놓고 보내는 시간을 지루하게
느끼며 그들의 이야기를 썼습니다.

  세상 구석구석에서 나를 비롯하여 미미하게 존재하는
사람들의 이야기를 쓰고 싶었습니다. 그러한 존재들이 모
이고 모여서 세상을 이루고 있지만 아무도 그들의 이야기
에 귀 기울이지 않기 때문이었습니다. 자신의 이름이 매
스컴에 오르고, 주목을 받고, 세상을 자신의 무대인 것처

럼 살아가는 사람들에게 가려서 어느 누구도 이름 석 자 알아주지 않는 사람들. 하찮게 구석으로 밀리면서도 그들만의 삶을 살아가는 사람들의 이야기를 쓰고 싶었습니다.

먹고 살아야 한다는 핑계를 대며 글쓰기를 제대로 하지 못하면서 놓지도 못하고 살아왔습니다. 세상이 시끄러울수록 글쓰기에 대한 필요성을 느낍니다. 언젠가는 쓰고 말 거라는 다짐만 하며 살아왔습니다. 더디지만 한 발 한 발 걷다 보면 꼭 이룰 거라는 희망을 가져보았습니다.

책을 만드는 모든 과정에 힘을 써주신 이원화 작가님께 머리 숙여 감사드립니다. 글을 쓸 수 있다고 끊임없이 격려해주신 김경윤 선생님은 제 스승과도 같습니다. 글쓰기를 시작하면서 가족처럼 같이 아파해주고 기뻐해 주신 땅끝문학 회원님 모두 감사합니다. 땅끝순례문학관 팀에게도 고맙다고 인사드립니다. 글쓰기가 어렵고 힘들지만 잘 써보라고 가장 먼저 용기를 주신 어머니, 하늘나라에서 평안하시기를 빕니다. 또한 힘들게 살아온 우리 아이들에게 사랑과 고마움을 전합니다.

2021년 여름
임미나

벼꽃 임미나 소설집

1판 1쇄 / 2021년 7월 20일

지은이 / 임미나
펴낸이 / 임성규
펴낸곳 / 도서출판 아꿈
주소 / 광주광역시 광산구 월곡산정로 20-49번길 101-106호
Email / a-dream-book@naver.com

값 13,000원
ISBN 979-11-973253-0-4 03810

· 이 책은 전라남도, 전라남도문화재단의 지원을 받아 발간되었습니다.